U0449004

KEY·可以文化

诺贝尔文学奖得主
奥尔加·托卡尔丘克 作品

Olga Tokarczuk

ANNA IN

ANNA IN W GROBOWCACH ŚWIATA

安娜·尹 世界坟墓中的

[波兰] 奥尔加·托卡尔丘克 著
林歆 译

W GROBOWCACH ŚWIATA

城邦确实存在，这座城邦存在——我们曾在那儿生活。伊布鲁①的城邦存在——我们曾在那儿生活。

——刻在泥版上的楔形文字

---

① 伊布鲁(Ibru)：阿巴卡德(Arbakad)之孙。据《圣经·旧约》称，亚伯拉罕及其后裔希伯来人都源于自称伊布鲁的家族，该家族似乎与尼普尔城(Nippur)有关。尼普尔城，或尼布鲁城（苏美尔语为Nibru），西亚古城，今位于伊拉克希拉城东南。历经苏美尔时期、巴比伦时期、帕提亚时期，于3世纪后衰落。——译者注，其他注释如无特殊说明，均为译注

目录 contents

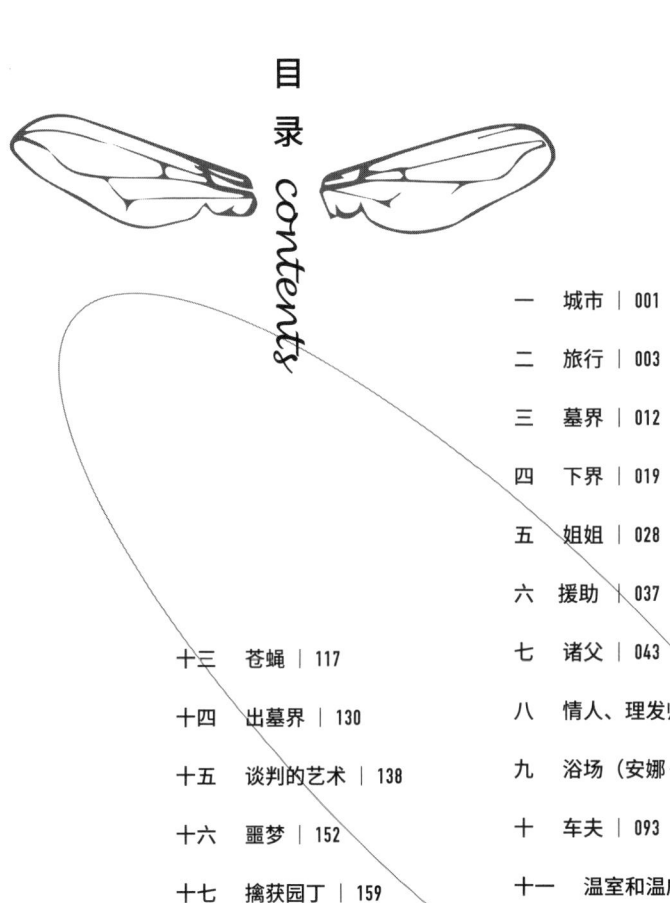

一	城市	001
二	旅行	003
三	墓界	012
四	下界	019
五	姐姐	028
六	援助	037
七	诸父	043
八	情人、理发师和厨师	058
九	浴场（安娜·恩赫杜的故事）	072
十	车夫	093
十一	温室和温床	096
十二	威胁	110
十三	苍蝇	117
十四	出墓界	130
十五	谈判的艺术	138
十六	噩梦	152
十七	擒获园丁	159
十八	危机	163
十九	交换	173
二十	me	178
二十一	伊南娜	189
二十二	沙	193

作者后记 | 195

诺贝尔文学奖授奖辞 | 197

温柔的讲述者 | 201
在瑞典学院的
诺贝尔文学奖受奖演讲

一　城市

　　城市矗立于废墟之上,城市的下方,便是墓界。在筑城之前,没有一股力量能先把废墟清除。因此,城市沿着一根根钢铁支柱缓缓爬升,有些圆柱内空空如也,有些雕凿有镂空的纹饰,另一些则藏满楼梯通道和电梯井。这一过程持续了数百年,乃至数千年。一旦钢铁耐受不住风蚀,焊口锈裂,人们便会筑起新的钢柱,修补锈斑旁的缺口。年复一年,钢铁菌丝爬满大地,繁衍生息,一刻未停,犹如众多支架,瞄准渺远的日月。

　　这些建筑对星辰满不在乎,而星辰也对它们提不起兴致。星星眨眼时,本该隆隆巨响,但刹那间,便被静默的宇宙吞噬。星星的眼睑,如岩石般坚硬。

世界,是无数观测点的集合,我仅是其中一员。我给大家讲个故事吧,一个关于他们的故事;像他们这样的生灵,是不会为自己发声的,他们没有死于沉默,已是万幸。

光阴弄人,我已不再在乎时间了。在我写作的语言里,"往日"和"来日"仅一字之差,"往来——往来——",宛如召唤。

二　旅行

行李箱腾空落下——它身手敏捷,在金属平台上软着陆,扁平的足底摩擦着地面,吱吱作响。尾随其后的、正在下楼梯的人,便是我了,我叫妮娜·舒布,我是每一位讲故事的人。我的身后,是她——安娜·尹。行李箱踏着小碎步,刚好钻到她手掌下方。安娜·尹轻轻推着行李箱,我们齐步朝出口走去。

"有点不对劲。"安娜·尹说道。

她停下脚步,从口袋里取出一幅抖动的图画,一张旅行地图。她先环视眼前的景象,再瞄了一眼平板显示的图像:即便不是"大家来找碴"的游戏高手,也能轻而易举地辨别出二者的异同。在通往直梯的电扶梯旁,少了一个印有"垃圾"二字的红色圆筒。安娜·尹不禁犹豫起来,双腿一动不动,行李箱蹲在一旁。安娜·尹满脸无奈,坐在地板上,紧抱膝盖,我则倚靠着几米开外的墙壁。我不敢问她,但我一直忐忑不安,我不喜欢这趟旅行。

出门前,我们还在张罗着过节的菜肴。餐桌上,面粉堆积如山,里面盛着几颗刚打下的鸡蛋黄。三两下功夫,就能揉出一块匀称的面团。床上堆放着喜气洋洋的上衣、裙子,还有拧开的口红、沾满粉底的刷子。电视上还播着电影,但我们来不及看结局。桌面上有一沓没签字、待缴费的账单。茶壶里有一小撮茶叶,水方才烧开,还在沸腾、翻滚——现在水一定凉了,蒸汽早已消散。这一切,都拜安娜·尹所赐——她脸色突然发白,猛然回头,竖起耳朵聆听,仿佛把耳朵张开。"张开耳朵"——这是她的原话。每次我都问,把耳朵张开后,能听见什么?她挑了件最美丽的裙子,佩上最光彩夺目的首饰。还系上所有护身符,化了个妆。最后,她把地图,也就是那幅全息图,塞到口袋里。我不知道,她怎么会有这玩意儿。

旅客们行色匆匆,在我们身旁呼啸而过,没人会注意到路旁的两个女子。显然,每个人都在自己的时间里穿梭——他们一定是订购了不同的套餐,高速运动让一些人的脸变得模糊,化作一条条难以辨识的缎带,而另一些人呢,则步履蹒跚,脸上一切细节均表露无遗。安娜·尹席地而坐，如孩子一般，从低处观察着另一类人。是的，她就爱这样看着别人。人，其实是很脆弱的，生命也稍纵即逝。方才学了点什么，就忘得一干二净。方才看透尘世，就患上痴呆症。他们在安娜·尹面前匆匆走过，脸上表情冷酷，对此，她已习以为常，也许正是因为她蹲在墙角，人们才看不见她。目之所及，人山人海，人们拎着大包小包，也许是刚买完东西，赶着回家吧。他们脑子里的想法，总会比身体快两三步，每个想法分点罗列，如同购物清单，如同有待完成的任务列表，如同漫画里的云朵对话框。

城市深处，看不见阳光，随着岁月流逝，楼房越建越高，城市对阳光也越来越过敏。阳光逐渐被白色的日光灯和五光十色的霓虹灯所替代。因此，城市居民的脸永远都那么苍白，斑驳的影子落到脸上，这是镂空钢架印下的文身。影子仔细地扫描我们的身体，以便给我们开具诊疗报告。

在运输电梯轨道间，悬挂着许多花园平台，这些花园先由城市的园丁们用车子运上去，再在半空中完成装配。这些花园就像摆摊用的小推车一样，组装起来十分简易。市民们早已迫不及待，纷至沓来——花点小钱，就能在金属小路上散下步，但绝不容许践踏路边的花草。孩子们骑着脚踏车，在斜坡上嬉戏打闹，两旁的绳索如小保姆一般，为他们保驾护航。

总算来了！一位头戴天线帽的环卫工人如期而至，他活像一只小蚂蚁。他把一个红色的垃圾桶准确无误地放在全息图所预测的地方。工人脚下的小轮子呼哧旋转，一眨眼，他便消失得无影无踪。每次换乘电梯时，安娜·尹都要查看一下她这幅闪烁不停的地图，以免错过班次，或找错站台。

"我们去哪？这是趟怎样的旅程？"我问她，我问安娜·尹。

但她只是耸了耸肩。

"别担心，"她说道，"你待会儿就知道了。"

噢，这样的回答，我再熟悉不过了。这是她的脾性，我行我素，不跟别人解释，她这样子，我早已习以为常。我唯一能做的，就是寸步不离，千万别跟丢，因为她大步流星，我总会比她慢上几步。我只能看着她瘦削的身影，盯着她后脑勺上数不清的发辫儿，观察她在人群中如何穿梭自如。为了不让她碰任何东西，我抢先一步，给她开门。每逢她出现，门总想大吐苦水，杯子胆小羞怯，欲言又止，门把手忽然伸起懒腰、打起哈欠，我实在受够它们了。电梯多程票也想掺和进来，要是被她碰了一下,就想向她吐露心声。

暂时一切顺利,全息图显示的图像和我们看见的景象逐一对应,它看见两个世界能完美对应,便得意地咯咯大笑,身子抖动得愈加猛烈,仿佛这是它的杰作。如果安娜·尹碰了什么东西,如果她优雅的指尖在某件物品上停留多一秒钟,它就会活过来。所以说,最好什么都别让她碰,光是一个行李箱,就够折腾了。一件物品,即使仅拥有一丝意识,也会突然变得狂妄自大。这已不是什么新鲜事。

和我们不同的是,在安娜·尹,又或是尹·安娜眼里,世间万物,皆有生命,包括构成世界的小齿轮,不管它看起来是多么微不足道;而我们没那么伟大,我们不知道原来还能以这种方式来看世界。虽然我们偶尔也能改变自己的眼光,但是用不了多久,我们就会遗忘掉这种能力,也许正因为如此,我们才是难逃一死的凡人吧。从出生那一刻起,我们就习惯了和死亡共舞。如果我们也能体悟到,世界本身就是由始至终、从不间断的生命,那么,无论我们多么渴望死亡,也不会真正死亡。

墙上显示着电梯线路图——仿佛一张纠缠不清的庞大网

络,一张神经组织、神经元和神经束组成的网络。人在这张网络中,就好比一次微不足道的神经脉冲,稍纵即逝的空间奇像。关于这点,须牢记于心。

要搭乘电梯抵达目的地,路线十分复杂,我和安娜·尹在等待换乘下一班电梯,我碰了碰她的手——又问她一遍:为什么?她究竟为了什么,才想到那儿去?那里有什么是她在这里没有的?她不会蜕变,不会死去,她在城市坐标系里缓缓移动——往上往下、往左往右、往前往后、上浮下沉,还能到城市之外,好好舒展筋骨。我凝视她的双眼,期待她予以回复。她只对我眨了眨眼,神态自若——意思是,她在做什么她心里有数。但这并不能缓解我的忐忑。

电梯嗖嗖地往四面八方飞速驰骋。好不容易才抵达一个枢纽站,据地图指示,安娜·尹要在这里等某个路人(还不知道是哪个)把一张褶皱的小纸片扔到地上后,她才能继续前进。每个时刻,每个瞬间,都有自己的位置。现在她可以继续走了。行李箱可开心了,卡扣互相挠起痒痒。

电梯似乎在往斜下方移动,但因为电梯里贴满了镜子,我们也无法确定。即便有窗户,也是模糊一片——只能看见轨道接驳处,以及无穷无尽的隧道,或许还有缠成一团的缆线、转换器、小型货梯、邮政通道,由绳索和缠绕在时间轴上的物质的原子所构成的宇宙。我们在一个直角处急转弯,能明显感觉到电梯转弯时的惯性,电梯与轨道相互摩擦,传来刺耳的咔嚓声。

  我端详着镜中的她,镜中的安娜·尹。她身材高挑,橄榄色皮肤,一头长发扎成数百条小辫儿,宛如彗星的尾巴。她这一身装束,充满着节日气氛:头戴尖顶帽,十分逗人,她只在重大场合才会戴这顶帽子。她脖子裸露,戴着一串沉重的青金石链子,胸前则佩有璀璨夺目的宝石,手上戴着硕大的戒指,如用于防身的指节铜环,但也可能是纯金锻造的。她身着纯银打造的束身背心,准确地说,这是件束身铠甲,铠甲下方搭了一条浅色裙子,上面绣着许多乖巧的小狮子,这些小狮子很讨城里人喜欢。她手里拿着指南针和地图。我很喜欢她的双手——她手掌里外两面都刻有文身,图案精致细腻,如蛇盘绕于她的指腕上,在发光二极管的映衬下,熠熠生辉。她还在眼睛四周抹上石墨眼影,这让她的双眼显得更大,色泽更深,更炯炯有神。最近,这款染眉膏非常流行,且价格不菲,广告满天飞。

  我站在一旁。我只够得着她的肩膀,与她相比,我身材娇小,她迈一步,相当于我的两步。在她身边,我的肤色更显苍白,更像人类;她的皮肤能折射七彩光芒,我的皮肤只会吸收冷淡的城市灯光。安娜·尹、尹·安娜,她真美。我和她宛若知己,她做过的每一件疯狂的事,她旅途中的每一次大冒险,每一段小插曲,我都铭记在心。当她佳人有约时,我会识趣地在酒吧里找个角落,耐心等候。我住在她家里,用她的杯子喝酒。我是妮娜·舒布,我是每一位讲故事的人。每当我觉得我对她的了解胜于我对自己的了解时,她总会做出一些我无法理解的举动。

比方说现在。

"安娜·尹,我们这是上哪儿去?我们究竟要去哪里?"

让我惶恐不安的其实是我们前进的方向——往下,一直往下。我们已经到了最底层,但她似乎仍不满足。

又一次换乘。这部电梯许久没人用过,年久失修,不停地嘎吱作响,自动门也合不上。透过门缝,可以瞥见外面辽阔的空间,除了一根根金属支柱外,就什么也没有了,而柱子上,有一些用发光颜料书写的文字,可我一个字也看不懂。电梯沿水平方向行驶了一阵子,之后便不停地往下窜。现在,该从零往下数了,前后颠倒,时光仿佛在倒流。我恍然大悟,原来,我们要到地下去,我握紧了她的手肘。

"如果我遭遇不测,你知道你应该做什么。"她用指尖碰了碰我,向我传话,我打了个哆嗦。

我的皮肤表面一阵颤抖,她的触碰掀起层层巨浪,冲击着我的身体。

"你知道你应该做什么。如果三天后我还没回来,你就去找我的诸父,请求他们支援,一字不漏地告诉他们发生了什么。他们一定能找到解决方法,你不必担心。"她会心一笑。

三 墓界

我们总算快到了。漫长、令人伤感的泥泞小路通往一些废置多年的巨型车库,电线密密麻麻地盘绕在上空,楼梯纵横交错,使人眼花缭乱,沿着楼梯可以往下走到早已被遗忘的锅炉房,里面的炉子全都熄灭了。我们不断加快步伐,她疾步如飞,我紧随其后,小步疾走。她胸前的宝石琅琅作响,在日光灯照耀下,她拖着秸秆般苗条的灰色影子。

我们在倾斜的平台上前进,磷光箭头为我们指明方向,我扶着锈迹斑斑的铁栏杆,只要稍用力,栏杆就会承受不住,发生断裂。要在这平台上前进,得学会如何保持平衡,否则稍一不留神,就会失足,坠入潮湿发臭的万丈深渊。城市之下,有许多大型储存罐,人们以前用它们来储水,如今罐里的水都干涸了,是城市把水都喝光饮尽,吮吸得一滴不剩。

我明白了,我是妮娜·舒布,我是她的挚友,我是每一位讲故事的人,现在我总算明白此趟旅行的目的了。我抓住她的手臂,扯住她褶皱的裙摆。我恳求她。行李箱嘎吱作响,她手上的全息图也慌了阵脚,就连刚从水里捞起来的鱼儿,也感到大限将至。

这便是大门了。但与其说这是一扇大门,不如说这是一扇普通的门,甚至是低矮的侧门,牛棚的门,两块钢板加上一个生锈的门闩,看似很久没人碰过。门框四周爬满灰绿色的苔藓和枯萎的野草,仿佛一张长满胡茬子的脸。安娜·尹的姐姐,她的孪生姐姐,就住在这儿。这个地方空无一人,毕竟没人会自愿来访。电梯的响声逐渐远去,直到彻底消失,刹那间,四周万籁俱寂,城市振动的琴弦,是不会在此处引起丝毫共振的。从未有人主动来安娜·尹姐姐的府邸做客,地穴之风把枯枝败叶、垃圾废物都卷到她家门前。客人专属入口在另一侧,看起来宽敞些。旋转门沿同一个方向旋转,前台会给客人们派发门钥匙,房间号码数也数不清。

"她在呼唤我。"安娜·尹说。几天来,她一直听见她姐姐的声音,这声音,在城市骨架和迷宫般的耳道中穿梭、反弹、延伸,如大锤敲击铁砧,巨钟发出震响。这声音,已完全失真,词语淹没其中,无法听辨。她按捺不住,不停晃着脑袋,只要这声音还在,她就一刻也不得安宁。这是哀号,这是挑衅,有时是嘶鸣,最后只剩下私语。

"她这是要干吗?"我小心翼翼地问道,试图隐藏内心的惶恐。

"不知道。这是因痛苦而发出的惨叫。这是哀号。"

直到现在她才愿意承认——她的姐姐似乎在向她传递某种信息,但是,墓界不在手机信号覆盖范围以内,也没有哪个邮差胆敢把信件投递到那个地址,即便城市通信网络如女人的发辫一样密集,墓界仍是一片通信真空。她的姐姐,安娜·尹、尹·安娜的姐姐,在地下独自落泪。

但我可没那么容易上当。她一定心怀不轨,我们应该把她从记忆中抹去,把她从旅行计划中剔除,把她的邀请函扔到垃圾篓里,别去理会她,不去揣测她的动机,也不要执迷于她施加的诱惑。

"这只是个再寻常不过的梦罢了。它仅仅是神经突触的联结,神经脉冲的回荡,再普通不过的幻觉。"我对她说,"算了吧,安娜·尹,我们回到上面去吧,节庆盛会快要开始了,城市街道两旁灯笼高高挂起,家家户户的冰箱里都屯好了香槟,烤薄饼的面团正在发酵。你听见电梯响声了吗?来,我们回家吧。"

我犯傻了。无论如何,她都不会改变主意了。她虽然盯着我,但却神不守舍——她的心早已迈过那道门槛,飞到另一边去了。

"你振作一点,我的妮娜·舒布,别唉声叹气了,我知道我在干吗。"

我也想相信她,我非常想相信她。这对孪生姐妹之间,一定存在着某种联结,她们一定能理解彼此,毕竟她们曾在同一个娘胎里,亲密无间,紧紧簇拥,整整九个月,她们一睁眼就能看见对方,近距离的观察让她们早已熟悉彼此。她们就这样紧挨着,以至于能吮吸彼此的鼻子。她们的双腿如同钳子,不可分割,一同在羊水中畅游,对她们而言,那是一片漆黑但温暖的海洋。她们用大脑编织着同样的丝网,然后用这丝网编织出整个世界。

对她们而言,出生之时,亦是分离之时。谁先从肚子里出来,谁就能得到更多。死亡、哀号、痛苦、黑暗和尘埃之家被分配到她名下。但她所分得的,也是最重要的东西——整个世界的根基,潮湿阴暗的地下洞穴,人体的内部,最后的审判。永恒、独立、时间免疫证、无情的中立、在世界地图上隐身的特权。护照上印刷着不可见的文字,盖着由水制成的印章。每个人终将会到访这个国家。

姐姐从地上的一个洞钻进自己的新家,从那时起,她就一直住在里面。她不懂妈妈的爱抚,也不懂爸爸的拥抱。她从未和其他小女孩玩过过家家,因此,她没机会让小伙伴们"尝"下她用沙子、泥巴和灰尘烧的菜。她从不在头上绑丝带,也不会把小脚丫伸进妈妈的大拖鞋里,更没试过回头偷看街上的小男孩。没有人会为她举办婚礼,没有人会陪她度过新婚之夜。尽管如此,她还是有过几段情缘的。可是,要和她待在阴沉、灰暗的地下闺阁里,谁能受得了?至今没一个人能满足她的欲求,她的情人们都因此而疲惫不堪,即使他们已尽己所能,最终只能垂头丧气,悻悻离开。她曾成功挽留了一些人。她把一些人保存在福尔马林溶液中,往另一些人体内塞满干草。所以,我能感觉到,安娜·尹敲门时,难免会心生恐惧。因为,门内的人,对她恨之入骨。

我知道我该怎么做,我知道。我要竭尽全力,以寻求援助,即使这意味着,我要掀翻整座城市,撼动整个世界。如果她真的遭遇不测……但她,安娜·尹,能出什么事呢?既然她知道自己在干吗,既然她力大无穷、威震四方、长生不老。

四周阒寂无声,似乎永无止境。面前的这扇门,用它发黑的齿龈竭力咀嚼着每一分贝的声响。终于,从门的另一侧传来了一阵慵懒的脚步声。大门掀开一道裂缝,里面飘来一股腐臭味,一个虚弱无力的声音问道:

"谁?"

安娜·尹用脚顶住门,试图钻进去。

"我是安娜·尹,我从城市来的。"

然而,门的另一边的力量,比预想中的要更强大。

"就算你是城里来的什么安娜·尹,那又怎样?你离开吧。这儿闲人勿进。葬礼取消了。"慑于安娜·尹的果敢,那声音有点颤抖。

"葬礼?谁去世了?"

"她的又一个丈夫。"

"我不是来参加葬礼的。"安娜·尹说道。

那声音被逗得忍俊不禁。

"那你还有别的理由？到这儿来的人，都是参加葬礼的，而且，是参加自己的葬礼！"

"我找我姐来了，开门！"安娜·尹勃然大怒。

这下子，门的另一侧鸦雀无声了。过了一会儿，仍是同一把声音，但更加惊讶了。

"你是我们主人的……妹妹？"

"让我进去！"安娜·尹恳求道。

那个声音让她先等着，它得回一趟它的住处：守门人的嘴巴、喉咙和肺里；在那里，它逐渐消逝，但仍感到惊异万分。

声音返回肺中后，这位名为奈迪的守门人沿着幽暗隧道，往深处走去。终日不见阳光，他的身体已变得油腻、发白，他浑身上下，只披着一件怎么织也织不完的毛衣。左并针，右并针。他只露出他的脑袋和双脚，他头顶光秃秃的，因环境极度潮湿而闪闪发亮，而他的双脚，则因长年风湿而发肿发胀，这可谓守门人的职业病。他边走，边嘟囔着：

"不可思议，太不可思议了。"

四　下界

　　向主人捎话，可不是一件乐事。站在她面前，更不是一件乐事，常会因为紧张而哑口无言。我是奈迪，我是一团起毛的毛线包裹着的白骨堆，我是每一位讲故事的人。我每次靠近她，都会浑身打哆嗦，因为她身体周围的温度会低几度，这是我通过测量得出的结论。我已经掌握了她带电的头发发出的嘶嘶声的语言，她总是不耐烦地梳着头发，一刻不停。我唯有低下头，不敢直视她的眼睛。而且，我主人的样貌也容易让人不适。

　　"有人造访，据说是你妹妹。"我如实禀告，尽量把话说得不以为意，绝不掺杂个人情感。

梳子停了下来。她的头发也暂时变得安分守己。但她的嘴唇开始发紫，渐渐变得像沥青一样漆黑。这可不是好兆头。

"她长什么样子？"她总算回话了。

我尽力回忆方才透过门缝瞥见的脸。我的记忆力很差，大脑在黑暗中待久了，习惯了斑影，比起事物的细节，我更擅于记住它们的轮廓。她长什么样子？我只记得，看着她，心情就会变得舒畅，给人一种温暖、干爽、明亮的感觉，正好能治下我的风湿病。

"她头上戴着一顶特别奇怪的帽子，帽子顶端有个角，帽子遮住了她头上绑的几百条辫子。此外，她脖子上还戴着一条镶嵌着蓝宝石的项链……"唔，让我再想想啊，我真可怜，什么都记不起来，在我们这儿没人会这样打扮，还有什么遗漏的呢？我甚至分不清短裙和连衣裙。"她胸前戴着一大串闪闪发亮的宝石，手上戴着一只大戒指，也许是金的，纯金的，特别大，都能用它来杀人了。她还穿着一件银色的束身背心，或是铠甲，里面穿着一条连衣裙。"

我在脑海里不断回忆我学过的词汇，我一直分不清各种衣物的名称。连衣裙、短裙、束身背心、毛呢背心、长款大衣、燕尾服……城里人的发明，真是无穷无尽啊。明明可以把所有衣服都统称为"毛衣",却要大费周章。"她手里好像还拿着指南针和地图,她两只手都有文身。"过了一会儿,我再稍微补充:"她的手看起来不像是女人的手……她眼睛周围还抹了很时髦的眼影。她看上去英气十足,很年轻,很有活力。"话音刚落,我有预感,这会是矛盾的开始。

我又能听到她梳头的声响了,她的头发因愤怒而彼此摩擦着。但是,她的声音却是出乎意料的平静:"你抬起门闩,放她进来吧,她这么想进来,就让她进来吧。"

她的反应,实在出乎我的意料。我所期待的,是她下一刻会勃然大怒,大发雷霆,顿时狂风暴雨,地动山摇,她的怒吼震耳欲聋,她的指甲锋利无比。在她眼皮合上与抬起的一刹那,我出于惊讶,偷偷瞥了她一眼,但立即就低下头——她一脸闷闷不乐的样子,莫非是我听错了?

不,我没听错。她清晰地重复了一遍刚才说过的话:

"让她进来,但她不能把行李箱带进来,你把她的珠宝首饰都摘下,她要把妆给卸了,身上那些没用的东西都得扔掉。这不是舞会,也不是时装秀。她要一丝不挂地来到我面前,要和我记忆中的一模一样。"

"冷。"我只说了这个字,与其他字相比,我更喜欢这个字,而且有了它,我就不用说"好的"。我不发表任何评论,我从来都没有自己的看法。哗啦，哗啦，我的双脚在划水前行，水是如此平静、冰冷，脚底摩挲着水下的石板，石板从未见过阳光，也许是太思念阳光的缘故，它们表面都已铺上了一层厚厚的青苔。我也是这样。但是，我这副骨头要阳光来干吗？又不会开花。

  我稍稍把门打开，一缕光线照射进来，我的眼睛一阵刺痛。女子在门外静静地等候着。我把主人的话逐字逐句、准确无误地告诉她。这么做，只是为了完成任务，我只是一个守门人，全身骨头酸痛，生无可恋。我已无怜悯之心，骨子里亦无共情可言。我不会多管闲事。

  "我来了，她开心吗？"安娜·尹问道。但我不会回答她，况且，我也无可奉告。她开心吗？真可笑！

  她一脚迈过门槛，踏入深渊，犹如把脚伸进一只黑色袜子里，那一刻，我真想拽住她，把她的手扭到后面，把她撵走，狂吼一句：滚！也许只有这样，她才肯乖乖离开。但是，我年纪也不小了，懂得如何抑制冲动。

  但我还是再啰唆了一句，但不指望会得到答复。

  "你知道你在干吗吧？"

  "知道。"她说。

这回答我喜欢。有时候,有一些精疲力竭、心力交瘁的人大驾光临,他们争先恐后,误以为这是家疗养院,希望能租一个温馨的小卧室,过上一段恬然的隔离生活,直至缓过气来。我受够这些闹剧了。我只是个公务员,只负责执行公务,我被安排了这个永久的岗位。

"我来了,她开心吗?"当我们往深处走时,这女人又问了同样的问题。

我低声训斥她说:

"这里严禁说话,你最好忘掉自己会说话吧。从此刻起,你必须保持缄默,况且,你说再多,也没有用处,你说的一字一句,只会被墙壁反弹回来,你只能听见回声。当这些话回到你耳边时,会变得支离破碎,仿佛惨遭战火踩躏、遍体鳞伤的士兵。假如说,这里的人也能像地上的人一样,爱说啥就说啥,那将会是另一番景象了。"

我领着女子穿过宽敞的走廊,足下踩着锈迹斑斑的铁轨。我们的小腿完全泡在积水里,我的老寒腿就是这么得的。安娜·尹偷偷地观察着我。我能感觉到她的目光,温暖的目光,真希望她能一直这样看着我。其实,我只是一堆被老风湿折磨的骨头,幸亏针织毛衣裹着,否则早散架了,但这并没有什么好羞愧的。我的这副躯体，不耐摔，稍不留神，就摔得粉身碎骨，因此，路面湿滑时，每走一步，我都提心吊胆的。

我们到了一扇吱呀作响的铁门前，我命令她把帽子摘下，并扔到水里，其实，她不戴帽子更好看呢。她本想抗议，但克制住了。不错嘛，我说的话，她都牢记在心了——这里严禁说话。我们继续往下走，在一扇腐朽过半的木门前停下，我命令她把项链摘下。在把它扔到水里之前，我还仔细观察了一下，在我们这儿，宝石会迅速失去光泽，链子也会被腐蚀掉，项链也就一文不值了。唉，城里的珠宝！同理，那些看似晶莹剔透、绚丽夺目的宝石，到了这儿，还会保持昔日的风采吗？在这里，它们显得格格不入，我的主人不喜欢这些饰物。无论是红色、粉色，还是深蓝色，她都不能接受。她只喜欢黑色、灰色，当然，还有腐绿色。她对雕塑情有独钟——尤其是石笋。她也爱听音乐，特别是单调的音乐，只有一种声音，枯燥重复，延绵不绝，忽强忽弱，整个音乐会能持续好几天，甚至好几个月。只有这种音乐，才能安抚她的心。油画，对她而言，仅有一种颜色——黑色，她对这种颜色有很深入的研究，常会为不同色调的黑色陷入沉思。艳丽而俗气的饰物，是最大的禁忌。

还有多远？也许这是安娜·尹最想问的。但我是不会告诉她的,而且,我又能告诉她些什么呢？

　　我们即将迈过第四道门,这道门依然锈迹斑斑,有一些用铁丝缠绕修补的破洞。我夺走她的指环,从此这扇门的金属手指有了新装备。

　　还有这件铠甲,我用手示意她把它给脱下来。我们到了第五扇门,这扇门很矮,像给猫过的门。要想顺利通过,得匍匐前进。她身手矫健,爬到门的另一侧后,她服帖地把束身背心的扣子松开,银制的绳线因地底的潮气而迅速氧化,即便是贵金属,也难逃锈蚀的厄运。我把背心挂在墙壁的钉子上,它仿佛一张刚剥下的羊皮,一捆肮脏的羊毛。

　　不如,还是送她回去吧？我脑海中一直萦绕着这个想法,我不断琢磨,大脑为此而起了淤青。不如,就到此为止吧？让我抬起头,看着她那苟延残喘的双眼。让我再问她一遍,你究竟知不知道你在干吗？也许,她听不懂这个简单的问题？然而,我只用力把松了的腰带系紧,继续保持缄默。当我们再越过一扇大门时,我抢走她手中的小玩意:指南针和地图。

　　"你不需要它们了。"

　　事实上,她的地图早已失明,字母在潮湿的空气中溶解,化作难以辨认的斑点。无论多么伟大的人类发明，在这里都束手无策。

看见储水罐了，这意味着，还有一段路要走。我们踏着腐朽的木栈桥，再往下，就是漆黑一片、深不见底的暗流。她肯定在怀疑，我们是不是一直在绕圈儿。长满苔藓的石柱从水面下伸出来，水面呈红色，看似死寂的水面，时不时会溢出气泡，不知从何而来，也许是水下有东西在打嗝吧。我指了指那些石柱，满是苔藓的表面，一定让她想起姐姐的模样，简直一模一样——她的脸，如石头一般坚硬、臃肿。即使是最刚硬的大理石，在这片地下水塘里泡久了，也会肿胀起来。幸好，这些石头雕塑没有睁眼，否则，它们的寒气会把每一个路人变成石头，变成湿漉漉的石柱。但就算化作石头，那又怎样？并不会怎样。说不定会更好，与其在绝望中苟延残喘，还不如当一块失去知觉的石头。

我一直想让这一刻慢点到来，但是，该来的总得来。第七扇门。而七，亲爱的，七，即一切。

"如果你想要见到她，你就要脱下这身花里胡哨的装束。"我告诉她。

她明白了，一声不吭地把裙子脱掉，并扔到水里，眼睁睁看着裙子缓缓下沉,现在,地下渊流是它的新主人。最后,她抓起一只浸湿了的羊毛袖子,用它抹去脸上的妆容。

我是奈迪,我只是一堆骨头,我是每一位讲故事的人。我偷偷打量着她的胴体,她那润滑细腻、毫无瑕疵、如淡绿色珍珠般的肌肤。

"不可思议,太不可思议了。"我自言自语。

五 姐姐

姐妹俩慢慢靠近,端详着彼此的脸庞,互相在脸颊上吻了几下。她们一言不发——似乎看透了对方内心的想法。妹妹的嘴唇干燥、温暖,而姐姐的嘴唇冰冷、潮湿,仿佛长满青苔的石板。可想而知,她们其实是同一块硬币的两面而已——字和鹰①。更明亮的一面是鹰,而我的主人则是字——另一面。我的女主人热情好客,她摘下眼镜,直瞅着妹妹的眼睛。每个从地上来的人,都会因为主人的目光而瞬间石化。但现在什么事也没发生,这太不合常理了,她的目光在妹妹身上完全失效。仔细想想,她们俩曾长达九个月眼都不眨一下地看着对

---

① 波兰各时期的硬币上常见鹰的形象,另一面为面额数字。——编辑注

方,那现在同样的目光还能对她产生什么影响呢？在场的法官们大为震惊,倒吸一口凉气。她没有骗我们,她确实是主人的妹妹,从地上来的妹妹。

我的主人特意为自己找了些特殊的伴侣,它们是猫、狗、猪、微型奶牛（基因工程让它们变得更加轻便和实用）、狐狸、鹅、母鸡等等。其中一些动物的脊背上长着结实的提手,而另一些动物呢,主人三两下功夫就能将它们塞入行李箱。比如,小鸡全身只有腿,没有别的部位。而我呢,只是这个庞大宫殿里的小管家,我的疲惫早已超出生命可承受的范围。

它们才是我们这个机构的宣誓法官,它们才拥有权力在评议后宣布判决。而我的工作呢,则类似于看守,负责开门、关门,把犯人押送至法庭。"法官大人！"我在心里说道。但它们有点似懂非懂,黑暗与寒冷使它们愚钝。它们老是重复着同一句话。从来不会有人被无罪释放。它们的爪子因长期浸泡在水里,长出了厚厚的肉膜,泡在水里的毛发、羽毛逐渐鳞片化,鸟类的腿看着越来越像鱼鳍,而不像爪子。绵羊长出了鳃,甚至可以在水底牧场放牧。

这位地上来的客人,如同芦苇一样干燥,这让这些敏感的法官感到惶恐不安。主人的法律顾问们面面相觑,恶狠狠地瞪了一眼安娜·尹。它们是一群长着滚圆大眼睛的狗,为稀有品种，仅在地下有分布。一旦被创造出来，就永生不灭，因此，它们不需要繁殖后代。这些冥夜犬从不汪汪叫，也不嗷呜叫，从不晃尾巴。它们的眼睛有杯托那么大，拥有过目不忘的能力。

　　眼前的这个女子一丝不挂，尽管寒风刺骨，她的皮肤仍洁白无瑕，令人难免心生嫉妒。此时此刻，这些法官最迫切想知道的是，为什么这个女人要跑到下面来？为什么这朵雪白的小蘑菇要离开城市？她此行的目的是什么？难道她不清楚她将面临的刑罚吗？这傻瓜难道不知道，如果来了，就回不去了，如果死了，就再也活不过来了？可惜，法官们并没说话。我知道，姐妹俩如出一辙的样貌，使它们坐立不安，但我对此早已习以为常。我是奈迪，我是守门人，我是每一位讲故事的人，我敢发誓，她们俩完全可以充当对方的试衣镜，但有一个前提，得先委屈一下肤色较浅的妹妹，在她脸上撒尘土，往她身上抹泥巴，再抹黑她的嘴唇和手指……

　　这时，出现了一条双腿直立行走的狗，它身上裹着一件服务员穿的制服，但没有纽扣，因为有两列乳头把它固定住。狗为法官们端上下午茶，这是一种用地下河水泡的浑浊液体，还在不断地翻滚、沸腾，然而法官们已经焦渴难忍。当然，解馋的沙子也是必不可少的，还有用黏土制作的小饼干，上面撒了一层精致的灰尘。

　　这是一场非公开审判,像我这样的无关人等需要回避,审判不是车夫和抄书人该插足的事情。我所能做的,唯有猜测他们在说些什么,现在该轮到谁上庭了。其实,我完全可以袖手旁观。我安静地坐在角落,拿起我毛衣的一角织了起来。我的毛衣功劳太大了,正是有了它,我才不用时刻担心自己哪根骨头又要掉了。我偶尔也会抬头看一下那些左顾右盼的法官,显然,这又是一场精彩纷呈的比赛,双方比分僵持不下。

　　安娜·尹端起沉重的茶杯,举到嘴边,假装品尝着杯中的液体,她还假装在咀嚼黏土饼干。啊,这个夜晚太美妙了。我的主人,我的黑夜主人,为妹妹展示自己拥有的全部财富与宝藏——这些历经多个世纪才修建而成的中殿和回廊,要归功于世上最出类拔萃的建筑师们——地下水和地壳运动。看,这些湿漉漉但依旧富丽堂皇的神坛、祭台,其实是凝聚后的花岗岩,奇形怪状,没有脸孔,没有名字;无论是凡人、动物,还是神灵,都能在这里找到归属。地层渗水以裸露的石壁为画纸,创作出了一幅幅美轮美奂的水彩画,而褐色和灰色则是这些画永恒的主色调;当然还有拔地而起的盐石笋雕塑。一个个大厅井然有序,在每个大厅的天花板上,都有一些正在作画的已死之人,他们挥动着笨拙的双手,聊以自慰地画着璀璨的星空图，但是画星星的黄颜料很快就会剥落，抖落到水里。在这里，居民们百无聊赖，步履慵懒地走走歇歇，他们最爱的娱乐方式便是踏着自己的脚印，原地绕圈，在夜幕降临前，他们会蓦然不动，这便是他们的极乐世界。在我们这儿，每个人都可以享受慢节奏生活。

我的主人，我的领主，她真美。火辣刺眼的阳光更适合鄙陋之徒，而柔情蜜意的黑夜则与我、与我们更搭。这种安静平和的默默延续，更适合我们。生命抛弃了她，她也抛弃了生命。

我们肩负着重担，我们看守着这个诞生自太初的世界。追逐打斗，成家立业，播种耕田，建城立邦，挖掘运河——这种地上的生活，并非我们想要的。我想把这番话告诉她，告诉尹·安娜、安娜·尹。任何还有点理智的人都会问："这是为了什么？既然一切都终将消逝，为什么还要这样做？"在世界之初，我们一无所有，因此，在世界末日之时，我们也将无所可失。所以说，亲爱的城市哲人们，一无所有胜于患得患失。不会有童年阴影，也不会有爱情，更不会有失望。不会有股市亏损，也不会有病痛折磨，更不会有骨科医生这一行当。不会有告丧电报，也不会有噩梦，更不会有负罪感。不再需要用丝带包裹着一封封来信,也不再需要挥舞着手帕告别。

我们这儿应有尽有,别无他求,有些东西甚至还会取之不尽,用之不竭,比如水、时间、黏土、灰尘、黑暗、锈。而且,地底的一切都会莫名其妙地裹上一层霉菌,在黑暗中闪烁着微光,散发出奇特的气味。四周寂然无声,我身体的痛苦慢慢退却。我的主人,另一个世界的主人,也变得从容不迫。她的痛苦也在退去。

"奈迪——你瞧瞧这些蠼螋!"她把我喊了过来。我们俩拿起一根干枯的小枝条,逗着这些可爱的小生物,让它们加入游戏中吧!尔后,我的主人会用手把它们从这世上抹去。

我们每天工作繁重,尤其是当地上有事发生时——某个人袭击了另一个人,或是某个人冒犯了另一个人,这个时候,人们通常就会来我们这儿办理入住。他们在得知真相后,都会不约而同地露出诧异的表情。"怎么会这样?"寥寥数字,便是他们全部的论据。有时,世界可以一片混乱,但是我们必须严格遵从一条规则——没有人能从这里回去。这是唯一的秩序,不归路,古老的几何学。

我知道,为什么她要吩咐人脱光妹妹的衣服,因为——我边织毛衣,边思考——她们俩的外貌确实如出一辙,要说不同嘛,我主人的身体也许有点受潮,有点发霉,但发黑的嘴唇和手指也独具美感呀。"你们来看看——"这时,我的主人说,"你们来看看,就是她偷走了我们的世界。"

那究竟为什么主人要呼唤妹妹呢?那是痛苦的呐喊吗?还是冲动?也许她只想让妹妹看看她的丈夫?她最近的一位丈夫,人还挺好的,即使他已被封存在有机玻璃里,看起来依然那么帅气,而且这枚人形昆虫琥珀能留存几千年呢。

她们有好好打招呼吗?她们有好好道别吗?她们俩站在那儿,紧紧相拥,双手搭在彼此的肩膀上,亲昵地踮起脚尖,左右摇晃。这种亲密是否仅停留在表面,实则深藏恶意?她们是在跳舞吗?法官席已按捺不住阵阵涌动,眼前的这一幕意味着什么?这位被告来者何人,竟然与最高审判者如此亲密?这位从地上来的裸体女子想借机脱身。但她才是被审判的对象呀。当她成功脱身时,就想爬到桌子上,抢占姐姐的位置。也许她以为凭借这种小伎俩,就能掩人耳目,让人误以为她才是主人?她以为这样就能蒙混过关?当每一个普通人、每一个办理入住的房客都不约而同地说"怎么会这样?"的时候,他们就能挽回一点颜面。这场面,真让人不忍直视。

法庭守卫反应神速,二话不说,就把女子压倒在冰冷湿滑的地面上,钳制住她的手脚,使她无法动弹。

"罪名成立。"我的主人,我那悲伤的领主,郑重地宣布道。同时,她一脸嫌弃地擦掉妹妹触摸她的肩膀时留下的痕迹。

早知道她会做出这样的判决,就不必把时间浪费在无谓的前奏上了。

姐姐在鸟骨键盘上敲出对妹妹的刑罚。我的主人,我的领主,只用六只手指,就能快速、娴熟地打字。法官们要求一切皆以白纸黑字作为凭证。宣判本身毫无新意可言:你在地上所拥有的一切,所获得的一切,曾化作的一切,每一个昼夜,每一分,每一秒——都与你相悖。此即为所犯罪行的证据。任何一位法律专家都无法推翻。结束了,审判结束了,现在可以给法庭通通风了。法官哀鸣似的大声宣读着判决,与此同时,我很遗憾地听见,女子还是说出了那句人人都说的话:"怎么会这样?"这场面,真让人不忍直视。

法官的每一声哀鸣,都摧毁女子身体的一部分。她快要崩溃时,还想要上诉、抗议、推翻判决、向更高一级法庭提起诉讼,可惜世上并没有这样的法庭。或许至少以疾病为由,申请延期审判。她还想,能否传召证人上庭,证明她曾立下的汗马功劳,或求助身居要职的朋友。她还在努力寻找可遵循的先例,以及审判过程可能出现的漏洞。最后,她迫不得已,才用了恐吓这一招。但是,最先遭殃的,往往是舌头,所以女子只能瞪着眼珠子,但没过多久,就连眼珠子也像屏幕一样熄灭了。再之后,双臂也会渐渐麻痹,失去知觉,待心肝都停止运作后,双腿也会死去。这时,身体死亡已是板上钉钉的事了。安娜·尹、尹·安娜,因失去支撑,摔倒在姐姐的脚边。如今,她谁也不是,仅是一个无生命的人体模型。

我的主人,我的好主人,她也许会重新把眼镜给戴上吧。就算在暮色中,她也会感到刺眼,她需要绝对的黑暗。她吩咐人把妹妹煞白的尸体用钩子挂起来,乌黑镜片后的眼睛凝视着这具尸体。不久后,安娜·尹就会像兔子胴体一样,渐渐失去纤维感,化作粉末,像肉糜一样慢慢腐败。

即刻起,世界坟墓里的时间便停止流动了,虽然在咱们这儿,时间本来就没有话语权。

六　援助

我是妮娜·舒布,我是每一位讲故事的人,三天,整整三天,我在墓界大门前苦苦守候,等待着任何关于她的音讯。我把耳朵贴在长满青苔的大门上,但是门内是无法打破的死寂。我时而站起身,来回踱步,时而坐在地上,玩弄指甲,啃着死皮,口袋里仅剩的一点面包糠也被我吃光了。行李箱像耗子一样,吱吱叫嚷着,用鼻子把每块石头都嗅一遍,随便拾起一根树枝,便能玩上好一阵子,但是,没有安娜·尹、尹·安娜的抚摸,它体内的元气正在逐渐消失殆尽。

在遥远的天边,昼夜的交替朦朦胧胧,太阳与月亮若隐若现。这里几乎没有阳光的照耀,仅有的一缕光线,看起来像恶心的刀剐牛腿肉,或者帮派分子立下海誓山盟时划下的刀疤。天边的月亮也逐渐消融,如指甲盖上的月牙一般小,直至完全消逝。但是,我似乎能听见月亮黑色的光芒,这道黑光历经钢铁城市的重重反射,传入我的耳道里,发出隆隆响声,这奇妙的音乐,仅有几个音调,簌簌哗哗,如同暴雨敲打树叶。老鼠停下了觅食的脚步,用诧异的眼光盯着我看——这位弱女子在这儿干吗呢?她在等谁?甚至连这些老鼠都晓得,人一旦进去了,就不会重见天日了。这早已众所周知,这可怜的人儿啊,还在做无谓的挣扎。这些老鼠就像长舌婆一样,喋喋不休。幸好我找到了几粒面包糠,把它们打发走,它们终于如愿以偿,闭上了嘴巴,仔细打量起这战利品。

我在地上画了一些方格子,一个人玩起了跳房子。地狱、炼狱、天堂,循环往复,永无休止。小石头在我的脚的推动下,游历了每一个地方。我本可以制止住安娜·尹的,我本可以试着说服她,让她不要去挑衅命运的。但我真有这般能耐吗?有谁能拦住安娜·尹?谁有这般能耐?她是一位反抗者,一位女斗士,她总能一箭击中靶心,她拥有一颗无所畏惧的强大心脏。

我,妮娜·舒布,忐忑不安,一直啃着指甲,指甲油都脱落了,但这不是我应该关心的。我们家里有一本剪贴相簿,上面收集了每一张从报纸上裁下来的她的照片。有些老照片已经泛黄,有一些照片甚至是我出生前拍的。她变化可真大啊!在一些照片上,她还是个小姑娘,小脸蛋儿在发辫里定格,明眸皓齿,外加些小雀斑点缀。在另一些照片上,她已是嫣然少女,烈焰红唇,紧身衣包裹着她坚挺的胸脯。近来的照片上,她有点发福,准确地说,是成熟女人的丰盈,特别是她那柔美丰满的臀部,摄影师的闪光灯在她的秀发上撒上了一层银粉。这儿有安娜·尹,那儿也有安娜·尹。

这是她和园丁的合影。他们孩童时就认识,其实应该说,他们一直认识,这是因为,他们的童年稍纵即逝,且不堪回首。她选择了他,他是她的。在他呵护幼苗时,她喜欢守在他身旁,在他双手沾满花泥时,她喜欢蹲在他身边。但说实话,他的工作让她感到厌倦。

如果说园丁是制造欢乐大师,那么他便是最出众的一位。他的到来,让整片区域,乃至城市的整一层,都欢呼雀跃。他就像流浪马戏团里的魔术师,在广场中央摆一张表演戏法的小桌子,礼帽里藏着一只小兔子,还有一只刚破壳而出的小黄鸡。看到园丁,孩子们兴奋得把滑板车、自行车都扔在一旁,边奔跑,边欢呼:"园丁来啦!园丁来啦!园丁带着花园来啦!"

噢！他和安娜·尹、尹·安娜可谓天造地设的一对呀！当时，她还只是个抓着妈妈裙摆的小姑娘。在追求者面前，她非常腼腆，对方打什么主意，她也懵懂不觉。姐妹们不厌其烦地给她解释，但是每当要说到重点时，她就打起了呼噜，或者话没说完，就刚好有人敲门，把话给打断。但是，时间能解开一切谜团。她的身体开始蜕变，儿时的连衣裙再也裹不住胸脯，绸带再也不能在腰间打结，一切便不言而喻了。

爱情占据了他们很多时间，这意味着，他们要付出很多精力，舍弃很多东西。比如，他们得每天花时间去散步，每天走上几公里。他们得用对方的杯子喝东西，每一天都是特殊的日子，每个特殊的日子都要互赠礼物、互授信函，偶尔还得闹个别扭，前一晚分床而寝，第二天早上就和好如初。但无论怎样，安娜·尹、尹·安娜已蜕变成一位年轻女子了，她渴望男人的滋润。结婚，少不了嫁妆，其中一件嫁妆便是一张很大的婚床，造床的木材取自安娜·尹家花园里种的一棵树，这棵树陪伴安娜·尹度过童年。现在春意盎然，一盆盆鲜花争相怒放，花园小径由一块块石板拼成，其间的缝隙绿草如茵。鸽子们可怜兮兮，在花园里徘徊，身上的羽毛都竖了起来。两个人过日子，总比孑然一身要好。现在，他们每说一句话，都夹着

"永远"二字。他们的婚礼,是整座城市的狂欢。城市,是她最丰厚的嫁妆。婚礼极大地推动了城市的商品供求,生产指标全线上升。获利最大的要数灯笼、旗帜、五彩纸屑和烟花的生产商,其股价节节攀升,而金箔饼干和糖果生产商也推动了就业市场。市民们无不为安娜·尹和园丁这对郎才女貌的新人而感到惊叹。这对新人踏上城市的主人行道时,围观的市民都拜倒在他们跟前。

但是,"永远"也会有结束的一天。时间不喜欢被无限延长。时间喜欢小碎步、小雨滴、滴答的钟声和细枝末节。

"姐妹,你让我走吧!"园丁说,"还有很多活儿呢,有很多花箱等着我把花土放进去,天竺葵多余的根也该修剪一下了。从现在起,你视我为父亲,我视你为母亲,我们都要好好保重,是时候各自忙活了。你有你的使命,我也有我的使命。我是我,你是你。"

他说得在理。确实有很多活儿。有很多事情等着安娜·尹、尹·安娜去处理。比如说,在市里巡逻,回信,调解争端,接生孩子,送孩子去上学,织布,雕刻,写作,建图书馆,英勇杀敌,和朋友们庆祝,帮扶弱者,给流浪汉安家。所有市民都认识她,争相投靠她。如果她有什么不测(这有可能吗?这有可能吗?我内心愈来愈忐忑不安),肯定会引起公愤,甚至骚乱。还我安娜·尹,还我尹·安娜!人们一定会走上街头,齐声抗议,要求归还安娜·尹,当然了,这也是他们唯一能做的。

多年以后,我会变得年老体衰,而安娜·尹却依旧如初。当我寿终正寝时,她会另寻伴侣,再找另一个我。人死后,就无所谓嫉妒了。我能改变什么呢?我只是凡人,我是每一位用绳索把词语串起来的人,每一位在事件发生时踟蹰不前的人,每一位讲故事的人。

而像安娜·尹、尹·安娜这样的存在,是一直前进的,她所犯的错误不是错误,而是让事件改变轨迹的因子。在安娜·尹所做的事情里,是不存在错误的。

不能再这样浪费时间了。妮娜·舒布,你给我擦干眼泪!我在自言自语。你给我站起身来,去寻求援助!

七　诸父

电梯正把我送往反方向。此前,我们一路往下,现在我径直爬升。这将是一趟漫长的旅途,安娜·尹的诸父所住的府邸在城市的最高处,那里也是城市最好的区域,空气最清新,阳光最充足。每抵达一层,每换乘一次,都会有人命令我出示通行证或别的什么证明,登记证件号码,确认无误后才肯放行。那些身披皮夹克的人还会直接翻看我口袋里的电梯票,核实票上的行程,让我报身份证号,我凭记忆脱口而出。

电梯轿厢里,乘客们摩肩接踵,快到我那层时,我用手肘推开拥挤的人群,电梯门嘶的一声敞开,气流把我吸了出去。我朝扶梯走,去换乘下一趟电梯,我身后跟着一个小屁孩,他还送给我一块威化饼,我十分感激,吃了起来。在站台上,我喝了自动售货机里的水，水尝起来有股铁锈味，与周围的东西一样。

楼层越高，人们的脸颊就越通红，手也越洁净，水的味道也越甘甜。离太阳越近，悬挂在半空中的公众花园也越多，售票处前总是人头攒动，为了限流，每位游客可游览不超过十五分钟。

在安娜·尹诸父的宅邸里，穿堂风一直吹个不停，用人的红色大衣也一直随风飘拂，噼里啪啦地响，叫人急促不安。但是，穿堂风可谓是奢侈品，因为这说明屋子能接触新鲜空气。书桌上，石像镇纸压着一沓沓文件。风把厚厚的电话簿里的每一条电话号码都过目了一遍，它还会在夜里拨号，朝话筒呼哧地喘气。微风撩起大衣的下摆，忽上忽下，颇具戏剧性。办公室里，纷繁嘈杂，信使们脚下踩着轮子，传递着信息，而信息也依托信使，在办公室帝国里畅行无阻——它们是世上最自由的灵魂。真叫人羡慕。那些活在底层的、被灰溜溜的生活压得喘不过气的人，不知多渴望在下辈子能化作信息，这样他们就能被携带、被录制、被柔软的文件袋保护着，还可以在信封里环游世界，偶尔想放松下，还可以变身为透明的电脉冲，沿着电缆快速移动。

安娜·尹的诸父家财万贯，无所不能。他们的房子雄伟壮观，这是一座大玻璃房，房顶的天线将云层底部切开，无数个窗户宛如硕大的镜头，将城市每处细节都尽收眼底。管家、用人小心翼翼地打理这座房子，几百个清洁工辛勤劳作，每个办公室因此一尘不染，每个窗台均有专门的园丁来照料窗台上的微型花园，而这些利立浦特人①种的水果香气扑鼻，使我的感官暂时失灵。屋里的小喷泉保持空气湿润，池子里的金鱼真的是金子做的，它们在水里扑腾、游弋。房子里还有用薄如轻纱的塑料纸粘成的笼子，里头的蝴蝶颤动着翅膀——人们在闲暇时，可以用蝴蝶翅膀上绚丽多彩的图案拼拼图。乌龟在草坪地毯上匍匐爬行，四处摸索——龟壳的屏幕汇报着城市的股票行情。

一位眼睛闪烁、下肢焊连着降噪滑橇的用人把我领进诸父的办公室，这儿是他们午餐后享受工作乐趣的地方。办公室里的穿堂风依然强劲，桌上整齐的书籍被风掀开，不停地翻着页。诸父坐在各自的办公桌旁，他们的公司实在太大了，从一张办公桌走到另一张办公桌，往往得走上好几个小时。

---

① 利立浦特人：乔纳森·斯威夫特的著作《格列佛游记》中小人国的居民。

离我最近的父亲是"智能构成百科式监管部"的主任,这是公司的核心部门之一。我耐心地静候传唤。女秘书可以算是半机器人了,她年轻的身体和椅子长在一起,脸上挂着友善的微笑,眼睛注视着我,眨也不眨一下。终于,该我进去了,一进门,就看见父亲瘫坐在扶手椅上——其实,他已经隐退了,不再插手公司业务,为了表彰他对公司所做的贡献,公司仍为他保留了荣誉职位。这一职位反倒让他对工作更有热情,更不愿意放弃老本行。他表情严肃,一副老态龙钟的样子,像一朵陈旧的蘑菇,皱巴巴的。他的身体软绵绵的一团儿,快要塞不进办公桌椅了。他坐在这个位置上,太久不起身了。如果他能早点意识到这个问题就好了。我站在他面前,头顶只够得到他的腰间。我简要地说明了事情的来龙去脉,每一位来办事的人最多只能说两句话,这是公司的规矩。

"你的女儿安娜·尹需要帮助。她为了见姐姐,一不留神跑到地下去,现在回不来了。"我如此说道。

我猜,他的反应一定很大。我说的这两句话,仿佛两颗炮弹,直击他的心头。

"一不留神……"他那张统治者般的嘴巴嘟嘟囔囔,重复着这个令人难堪的词语。因为过于频繁地发号施令,他的舌头早就肿胀不堪。"她什么时候留过神了。我受够这个词了。每个人都喜欢拿它来当借口,仿佛他们不知道做事情本该小心一样。做事情不懂得深思熟虑的人,应当自食其果。行动的理智如同语言的秩序,是生存的语法。"

他的身体在躁动,松弛的皮肤如波浪般起伏。

"人们应该始终如一地对生命进行变格,时刻注意保持词尾的一致。遇到不确定的事情时,应该去翻翻词典,词典是智者智慧的结晶。凡事都先思考,再行动。在踏上旅途前,得确保买了返程票,定了电梯的位置,买了保险。"他气愤地说,"你究竟是怎么想的?那个地下国度里没有开设我的代表处,我们既没有大使馆,也没有代理人。难道要我亲自出面吗?"他嘲讽着:"说真的,我现在忙得不可开交,不仅自己被弄得很忙……还把别人弄得很忙。"后一句话是他思量片刻后补充的。"被动型动词和主动型动词,我这样说,是为了让句子显得更完整。"他又回到刚才的话题上,"她给我们添的麻烦还少吗?这已不是一两次了。实不相瞒,她就像使用不当的词语一样,净会添麻烦。"他试着给我举例,嘴里还默念着骂人的话,但最后他还是忍住了。"我帮不了她。"这是他最后的决定。

我礼貌地感谢了他的这十四句话。但这还没完,当我快回到门口时,父亲突然气急败坏,脸颊因怒气而颤动。他吃力地站起身来,用手扶着办公桌。

"每个活着的生物都必须死亡,此乃自然法则。其中的逻辑其实很简单。'每个'是指向整体的、无条件的限定词。'活着的'指的是能产生感觉的,与世界建立某种联系、进行某种能量交换的。'生物'即'存在',但仅限于活着的存在;可以说,生物是能产生感觉的存在,即某种不因周围环境所发生的事件感到陌生的存在。'必须'这个词有点难解释,但是大多数人都懂,这词带有命令的语气,指向一个亘古不灭的定律,而一切公理自始至终都建立于这条定律之上;这个词表述的是某种无条件的、不可辩驳的必然性。'死亡',众所周知,指的是结束我们所说的'生命',划清生物学进程的界限。亲爱的,死亡意味着遵循万物腐败定律,回归到本初的成分。从心理学的角度来看……"他停顿了一下,"意味着永远地离开城市。"

哎,我受够了他自以为是的长篇大论了,我不再数他说了多少个珍贵的词语。我在浪费时间,在对牛弹琴,仿佛在用草叶开锁,用罗勒叶切面包,把电灯泡拧进鸟巢里,往两块石头之间插计算机软盘。尽是徒劳。

我站起身来,只听到他嘴里迸出一句不可违抗的命令:

"送客！"这个感叹号的语气如此强烈，以至于我的额头像被什么东西撞出了一个包。

我是妮娜·舒布，我是每一位讲故事的人，拖着沉重的身躯，我一步一步地往第二位父亲那儿走去。这里气候炎热干燥，酷暑难耐，我在热得滚烫的金属平台上蹒跚前行，平台上方的空气长了皱纹，起伏不平，像硬邦邦的百褶裙一般。我踏上快速自动人行道和扶手电梯，在高低平台间穿梭，穿过一道道无声无息的自动感应闸门，它们如同血盆大口，将我吞噬，但它们并不属于任何一具躯体，任何一个肚子。

不知不觉，夜幕降临，空气转凉，四周是让人舒适的昏暗。在胆小柔弱的城市灯光下，一盏充满自信的氖灯映入眼帘。这是第二位父亲的办公室，一个冷冰冰的殿堂，一个个显示器如同教堂耳堂里的小祭坛，环绕着整个城市。

我站在第二位父亲的办公桌前，他看起来年轻些——他把脚泡在流经整个办公室的、散发着芳香的小溪流里，翻开一本厚绒封皮的本子，写着笔记。纸张往两侧翻开，因享受而变得疲软，想合都合不上。本子记录着父亲的金点子。当他抬头瞥见我时，他兴高采烈地站起身来。

我直入正题：

"你的女儿需要帮助。她为了见姐姐，跑到地下去，现在回不来了。"我吸取教训,没再提及"一不留神"这几个字。

纸张上的铅笔轨迹中断,笔尖停留在字母"i"上方的小圆点上。

"她走之前,有留下扫描件吗?"父亲问道,关怀备至,在那一刻,我就意识到,这又会是一段难熬的对话。他的目光投向远处的广袤空间,接着说:"我们正在致力于开发这样一个项目,我们想真正地改善人类悲惨的命运,因此,我们打算通过一种特殊的手段,来延长人们的寿命。方法很简单,只需要把人扫描到一张磁盘上,然后再把扫描件传输到,唔……比方说,天堂。我甚至现在就可以把我的女儿送到天上去,挑一片最豪华的、四星级的,仅对我们最好的客户才开放的天空,送给她。"

"她需要帮助,我们得立即把她从地下救出来,"我如此回答道,"她跟我说过,如果她有任何不测,我都可以向你们求助。你们知道具体需要做些什么。"

他抬起眉头,手指转着铅笔。

"能做什么?"他盯着玻璃屋顶,若有所思,"很遗憾,看来这就是故事的结局了。非常可惜,这么有前途的孩子,说没就没了。真是愚蠢至极,毫无想象力可言。她曾经拥有这里的一切,只有她想不到的,没有她得不到的,就算得不到,她也会抢过来,她真是个负心女。当人自找麻烦时,还能指望别人帮助?善良的女子,你是怎么想的呢?"他提了一个问题,但并不想得到回答,"我一直在她身后,替她弥补她犯下的错误,收拾烂摊子。然而,我不再年轻,偶尔也会有力不从心之时,尽管如此,我还是像牛一般兢兢业业,尽己所能,维持好人力资源部的秩序。"

噢,像牛一般,这话倒不假,有时候他甚至更像一头精力充沛的公牛。

他那巨大的实验室名叫"等价物"。"等价物——让每个人都能存在。"当市民开始不断掀起动乱时,这个想法便在他的脑海中成形。这是他将革命扼杀于摇篮的工具。如今,每个人一生都需要进行一次扫描,然后将扫描件保存在磁盘里,扫描过程仅需四秒。然后,"等价物"会把扫描后的人传送到天堂。

"确实如此,"他继续说道,"这是多么伟大的计划啊!"他抬起手,我的视线被引向四周的窗户,它们都有显示器的功能。从屏幕上能看到在漂亮喷泉周围的草地上踏青的人,他们身着白如雏菊的衬衫,天空湛蓝,一尘不染,河水清澈见底,甘甜可口。真希望"存在"能像其他资源一样,得到合理公平的分配。正因为如此,城市的每一位居民从很小的时候就开始定期为未来的生命缴纳基金，若订购无限期套餐，还能享受一定优惠，所谓无限期，指的是直到公司倒闭为止。但公司永远都不会有倒闭的一天。公司甚至还为那些对产品体验有较高要求的用户提供额外服务。永世长存的后宫内镶嵌着美轮美奂的马赛克，这里生活着一群天国美女。她们的乳房如苹果般浑圆，臀部曲线如瓷碗般婀娜。还有一群天国美男，他们脸上长着傲人的大胡子，胯下硕大的阳具足以满足女性的一切欲望。酒桶里装满了葡萄美酒，人人都可以敞开肚皮，尽情畅饮，这时酒已不再伤身。还有装满顶级印度大麻的水烟筒。不仅如此，还有健康饮食型的天堂，那里的环境也是最好的，因为一切都是纯天然的。客人们可以在蔚蓝的田野上打太极，畅饮桦树分泌的琼浆玉露。他们越活越年轻：只要多付点钱，就可以改变时间的流向，享受时光倒流的服务。我们的服务应有尽有，能满足每位顾客的需求。

还有一些天堂，里面的人都住在透明的圆球里，就像是青蛙的胚胎一样，他们从不离开圆球，在陆地上驰骋，在海洋里畅游，球与球之间会轻轻碰撞，其乐融融，空气荡漾着连珠般的笑声。还有家庭式天堂，专为渴望温情的顾客设计，那里有人类家庭，穿着洁净的衣裳，露出皓齿，在开满紫罗兰的山谷里漫步。每个人都说："我爱你。"每个人听到的回答都是：

"我也爱你。"这就够了。而且,顾客还能根据自身需求,加一点钱,就能自由搭配想要的天堂,毕竟大家都说,人死后,最怕的就是无聊。

"所以,她到底有没有留下扫描件?"他又重复了一遍刚才的问题,"如果有的话,我会给她一个最好的天堂。她在那里会当一个洁净无瑕的女神,穿梭于低头祷告的蚁民之间,身穿天蓝色的羽裳,穿着细高跟,将蛇头踩在脚下。她还会口吐芬芳的玫瑰花瓣。所住之处尽是雪石与象牙、美玉与明珠。"

也许,我眼前的这位高贵的老先生在做白日梦,因为他的眼神越发迷离。最后,他沉默了,为自己所设想的场景而感动不已。我不禁露出了怜悯的微笑。他就是个满嘴牢骚的卑鄙之徒。

我是妮娜·舒布,我是她的挚友,我单枪匹马,向黑夜进发,寻求救援。但我却是那么孤立无援,甚至连月亮也在云里躲躲藏藏。在这昏天黑地之中,每个房顶看似风平浪静,实则危机四伏,那上面有无数看不见的天线和电缆,放眼望去,像是一个机场紧挨着另一个机场,湿滑、漆黑的跑道纵横交错。透过房顶透明的天窗能看见城市的夜生活,城市看起来像是活生生的躯体,无数交通要道织成一张动脉网,而穿梭不断的电梯的玻璃外壳则勾勒出它的静脉。这副躯体由数不清的细胞构成,细胞里人声鼎沸,里面有人奄奄一息,有人呱呱落地,有人欣喜若狂,有人悲怆泪下,有人争吵不休,有人握手言和,有人欢聚一堂,有人众叛亲离。每时每刻,正与负都在相互抵消,终会化作规律振动的圆滚滚的〇。由一体化部门管辖的稍纵即逝的大自然定下的铁律,谁都逃不掉。

第三位父亲是一位聪明绝顶的"账房先生",虽然他拥有过目不忘的超能力,但是他做事情仍是那么循规蹈矩,把所有数据记录在虚拟的账目表里。他的大脑以光速运转,加减乘除,皆不在话下。他还从不睡觉,因此,当我妮娜·舒布在天蒙蒙亮时,站在他面前,他方才完成了一夜的核算工作。

眼睛发光的仆人拎来了一张小板凳,请我坐下。我忍着泪水,含着悲痛,向这位父亲述说了事情的来龙去脉。此时的我,早已疲惫不堪,心力交瘁,肚子还空空如也。然而,我要考虑的是如何说服他,否则,还有谁会伸出援手?妮娜·舒布,别再浪费时间了,振作起来吧!

"你的女儿需要帮助。她为了见姐姐,跑到地下去,现在回不来了。"我说道,"你能不能有点人性,你怎么忍心让自己的女儿在那里多待一刻？你怎么忍心让自己的心肝浑身沾满污泥、发霉发臭、爬满蛆虫？你怎么忍心让自己的骨肉化作一文不值的尘埃？"我话未说完，便泪流满目。泪水渗入我身体深处，刺戳着我的心脏，把它变成一块羊毛毡。

我满怀希望地盯着他的那张大脸。

第三位父亲深吸了一口烟，烟圈儿从他的耳朵里冒出来，把他疲倦不堪的近视眼熏得直流泪。他为何不做任何反应？他聋了吗？还是瞎了？还是心不在焉？他的秘书把他身上的灰尘掸走——日常洗漱活动，还更换了算盘的电池，噢，打印表格用纸不够了，稍等片刻，立即补上。

听说，他得了一种罕见的疾病——他的大脑在向内坍缩，一幅幅图像不断从脑海中窜出来，嵌入到他庞大身躯的深处，并在那儿组合成许多非物质的微小世界。大脑的主人反倒成了死皮赖脸的客人，成了挥之不去的灵魂。他既不能触碰大脑里的任何物品，也不能享用自己制作的食物，不能坐着，更不能躺着。他明明在自己家里，却像个无家可归之人。慢慢地，那反复的、强烈的存在感让他疲惫不堪、精疲力竭。

在沉思默想了许久后，我决定再次向这位年纪最大的父亲发话。他边翻看着会计账簿，指尖边在字里行间划动。他能一刻不停地做着四则运算，为自己新创造的编码而沾沾自喜。

"我求你了！我妮娜·舒布虽然只是个微不足道的人,但求你不要让自己的女儿就这样死去,不要让她离开我们,你找找看你的账簿里有没有什么宽宏大量的条款,求求你把安娜·尹从坟墓的牢笼里解救出来吧！"

但我的话搅乱了他的冥想,他怒形于色,说道:

"如果我在计算的过程中,擅改计算规则,那我还算是个会计吗？"

他再次沉默许久后,补充道:

"安娜·尹总是那么不谨慎,对于一个微不足道的人来说,即使她有神性,她的胃口也太大了些,她从不知足。她从没少给我们添麻烦。我们建造了一种优美的、符合逻辑的、不断完善的结构。你看看——"他对我说道。他一挥手,一幅错综复杂的树形图就呈现在我眼前,图中的矢量和五彩线条纵横交错,使人眼花缭乱。"浮游生物在这儿,而人在这儿。"他目光所指向的区域亮了起来。"这是一种优美的等级制度。一物降一物,这样我们的世界就不会变得过度拥挤。物竞天择,适者生存,这是万物不断完善自我的动力。只有身体更强壮、跑得更快、变得更聪明、更能适应环境,才能胜出。稍有不慎,就会惨遭淘汰。谁要有愚蠢的想法,游戏便会提前结束。

正因为如此,我们才不用劳神费力地去干预一切,系统会一直自我更新,最强壮的、最能适应环境的人才能存活下来,才能有机会不断繁衍后代,直到我们喊停。"他弯下身子看着我,脸上挂着善意的微笑。"真是精妙的构思啊。难道还有比这更完美的规则吗?而她呢,安娜·尹、尹·安娜,她只会不知所措。她不仅反社会,还反神性。她就是个小偷、酒鬼,我知道我在说什么。她就是个骗子、贱人、瘾君子、泼妇。她老觉得自己还缺点别样的体验,她究竟在寻找什么?她为何要踏上这段危险的旅途?她可不能凌驾于规律之上。我的表格里已经没有她的容身之处了。"他看了一眼手上的文件,"正如我所看见的,就在今天晚上,她已经被剔除了,她的身份证号码已经失效。可惜啊,毕竟我曾爱过她,她是我所有孩子中能力最强的。亲爱的,我很遗憾。"

此刻我已明白,希望已落空。我想把会计摇醒,但我已浑身无力。他身旁的仆人用怀疑的眼光监视着我的一举一动。

"你是最后一根救命稻草了。"我低声说道。

一团团烟雾,如轻飘飘的流水,在办公室里流荡,他的身体慢慢淹没其中。

八　情人、理发师和厨师

仆人的双眼如天鹅绒一般,他轻轻搀扶着我,把我带到广袤的、离天空仅咫尺之远的走廊。也许,像我这样空手而归的访客,仆人早已司空见惯。希望落空的人都一个样——双眼聚焦到某点上,耷拉着肩膀,哪儿都不想去。希望破灭时,前进的欲望也丧失了,像一块四吨重的、绝望透顶的岩石。仆人昆虫般的脸庞转向我——每过一代,仆人的脸就更难识别一些,而且,最新研究结果显示,仆人是不需要脸的——因不习惯遣词造句,他的嗓音变得生硬,只能低声细语,几乎听不清。大概没有人会要求仆人发表长篇大论吧。

"你去找安娜·恩赫杜吧,她认识我们安娜·尹、尹·安娜的母亲,她俩住一起,她肯定会帮你的。"

我惊讶地看着他，仔细一看，他甚至有点像人，而不像仆人。

"安娜·恩赫杜是哪位？"我问道，我从未听说过这个名字。

"她在市中心开了家浴场，你随便找个路人问下，就知道怎么去了。"

"没错，是我太疏忽了。我竟然忘了安娜·尹还有母亲。"我对他说，并真诚感谢他的帮助。

"你怎么会忘记呢，虽然不是所有人都有父亲，但所有人都有母亲呀！"他那张退化了的脸低声斥责我。

但是，当我在自动人行道上疾速前进时，我脑海中浮现出一个地址。我奔跑起来，冲撞着身旁的行人，引来众人的怒视和呵斥："她这是赶着上哪儿去？"这是我仅剩的希望了，为了能让行人注意到我，给我让道，我只能使劲推开人群，用肘部去撞。行人都戴着耳机，荡漾在美妙的音乐世界中，尽管如此，四面八方仍充斥着音乐与广告的噪声。就是这样，做得好，我踩着他们的脚，踏他们的脚趾。我的表情愈发愤慨，对他们说：

"安娜·尹、尹·安娜到地下去了，到墓界去了，到现在还没回来。"

"谁?"人们不耐烦地问,"什么?"

还有些人大声对我说:

"小姑娘啊,人人都要讲文明讲礼仪。你如果非要跑步,完全可以到运动场去。我们是平和的公民,我们每天辛苦工作,生活不是耍儿戏。节日快到了,我们要购物,想好买什么礼物送人,我们只想要一份安宁。"

另一些人斥责我:

"你说,有个人离家出走了,那又怎样?怎么了,她还没有离家出走的自由了?这是个自由的国家。她肯定会回来的,就算不回来,警察也会处理。你说她跑到地下去了?你还说她还没回来?有专门寻觅失踪人口的部门,还有援助项目,晶片,卫星。侦探和特务布下了天罗地网。你该去找那些人,我们只想要安宁。"

一阵歌声传来,我突然有个想法。我很熟悉这首歌的旋律,这是首热门歌曲。它在空气中回荡,让我想起了某张嘴——这是吉伽·美什[①]的秀美朱唇。贴身的裤子衬托出他

---

① 吉伽·美什(Giga Mass),此名或源于吉尔伽美什(Gilgamesh),传说其为苏美尔城邦乌鲁克的君主,统治年间约在公元前 27 世纪,是世界上最早的史诗《吉尔伽美什史诗》的主角。

紧致、性感的蜜臀。他玉树临风,气宇轩昂,如同神树①一般。他交友甚广,只要认识他,就能移居到城市的高层,有他在身边,银行存款就能获得更高的利率。他是她的其中一个老情人。那么,就让他到墓界的大门前吧,让他挥拳击碎整个墓界吧。

然而,要找到他,绝非易事。他搭乘私人电梯,从一条线蹿到另一条线,无视交通规则。电梯装有防弹玻璃,里面甚至有桑拿房和健身室,这样他那饱满结实的肌肉才能时刻维持最佳状态。他的女侍从负责跑腿,给他递上精油。让他的肌肉油光发亮吧!让他散发出迷人的香味吧!当他走路时,仿佛大地都在给他做足底按摩。

突然,一辆人力车出现在我面前,旁边站着一名车夫,他苍白、滑润,活像个鬼魂。他费尽全力,才憋出几个字来。

"你是不是妮娜·舒布,安娜·尹、尹·安娜的朋友?"

我说是,真奇怪,怎么连车夫都认识我了?也许是其中一个仆人告诉他的,而这个仆人又是从顶层的另一个仆人打听来的,就这样,关于我的消息就传遍了马车棚、洗衣房,不管是

---

① 原文为山毛榉(buk),该词与神(bóg)谐音。

打扫卫生的,还是清理轨道的,都听说我在求助。

"请上车。"他机械地对我说。他的眼睛,而不是嘴巴,露出了笑容,因为他的嘴巴只能用来给车票打孔。

谢谢你呀,苍白的车夫,你为了我打破交通规则,从一条人行道蹿到另一条人行道,从一层跃到另一层。你快速移动着,轮子与地面擦出了火星。从始至终,我们的视线都紧跟着一架装饰诡异的电梯,电梯被簇拥在月桂叶丛中,仿佛一只大猪肘子。我们在紧急逃生楼梯上疾驰,一路哐当哐当地奔向十字路口,路中央的交警诧异万分,如盐柱般不知所措,如生锈的螺丝钉在原地直打转,发出吱吱声。交警的手套一会儿亮起红灯,一会儿亮起绿灯,再一会儿又亮起黄灯。因为我们,路况变得一团糟,交警的指挥也乱了套,最终导致严重的交通堵塞。

我们得充分利用眼前的乱象。安娜·尹曾教过我,混沌之中,万事皆可发生。我跳上一座坑坑洼洼的站台,走过几步楼梯后,我就到了另一条线路旁。电梯堵在路上动弹不得。它没能感应到我,门一直没打开,我担心起来。那又怎样,顶多就触电呗。我敲了敲电梯窗,里面漆黑一片,我只瞥见自己大汗淋漓的脸庞。

"我是妮娜·舒布,请开门,有急事。"

如今,他弱不禁风,像枯萎的植物。是谁把他的头发染白了?是谁往他身上撒灰烬?是谁把他的腰弯到了地面?曾经,他能举起半吨重的斧头。曾经,当他的好友去世时,他曾到诸父那儿去上诉,痛斥死亡的不合理,所谓铁律的荒唐。但是,他在第一轮审判中就败诉了。因此,我还在犹豫,是否要告诉他安娜·尹的事。不如我还是默默离开,还他一片清净吧?

然而,我的心里话还是脱口而出了:

"她在墓界里待了三天。还没回来。"

"如果我没猜错的话,你是来找我帮忙的吧?"

我迟疑地点了点头,但我非常乐意结束这场汇报。

"你不会真的认为,人类的体力、美貌和我的斧头能派上用场吧?妮娜·舒布,你未免也太天真了……"

这位英雄大声嗤笑,咳了几声。他吃力地站起身来,又坐下。

"我可以为她做什么?我可以给她什么?祭祀用的面包?还是连塞牙缝都不够的口粮?你为什么非得找我帮忙?她没有别的情人了吗?我告诉你他们的名字吧,但名单可长了。

你看看四周,随便就能找出几个。你是不是忘了,她当初是如何对待自己的情人的?凡是她碰过的东西,没有一样不坏掉。凡是她爱过的人,没有一个不受伤。即使她仅是喜欢某个人,她也要在这个人的手臂上留下捏痕。你的手上还没有痕迹吗?"

他讥讽地笑着,嘴里镶满漂亮的假牙,闪烁着五彩的光芒。但他的脸是死灰色的。

"她现在做的事情,不是我们人类该涉足的。我们需要秩序、法则和定义。无论是她涉足的地方,还是她居住的地方,抑或是她做客的地方,一切都变得模糊起来,像眼珠子上黏附着一层薄雾,白天和夜晚之间出现了空洞、微小的通道,走私者往边界涌去,道路标志失去了含义,左边变成右边,前面变成后面。我曾经帮过她一个忙,"他说道,"很久以前。她家里有一棵树……"

"她家里曾有一棵树。她一直都想要一棵树,不厌其烦地恳求母亲替她实现愿望。这树很罕见,不是侏儒树,不是人们养在阳台的盆栽,而是长得像人一般高大,甚至更高一些。幼苗是她妈妈从遥远的地方,从城市外带回来的。她从水里把它打捞起来。园丁帮她备好了最好的泥土,用纯净的矿物质调配出独一无二的肥料。她则收集雨水，并把水里的锈过滤掉。诸父，她亲爱的诸父，送给她一幢漂亮的房子，几乎就在城市的最高层。阳光透过天窗照进室内，真正的阳光，湿润的光斑。她可爱这棵树了。在遥远的未来，当树老时，她会用它来做一席大床、一张扶手椅，或者把树掏空，制成独木舟，或是弓箭。木材绝不会被白白浪费掉，不会在泥土里腐烂……然而，一直以来，她的生活习惯都很奇怪，她的房子总是对外开放，门绝不上锁，她也不需要钥匙。每个人都可以自由进出。于是，她家总是宾客盈门，但尽是些不速之客，流浪汉、酒鬼、乞丐和怪胎，他们挤满了每个房间，霸占了每一张床，占领了每一个浴室，厨房里肮脏的碗碟堆积如山，垃圾臭气熏天。他们甚至在地板上铺席子，因为有人传言，说在她家里睡觉，做的梦都能预测未来。

"有一天，当她在给自己珍贵的树浇水，把头贴近粗壮的树枝时，她猛然发现枝丫里栖身着一条蛇，还有只脏兮兮的鸽子在旁边筑巢。她顿时感到一阵反胃，往后退了几步，此后，她对这棵树产生了恐惧。一个远房亲戚打理着房子，是个老女人，甚至听不懂我们的语言——她总是一声不吭，生活习惯怪异，散发着沙漠的野蛮气息，她眼神阴郁，不管去哪儿，都赤足而行，她一天不走，所有人就都不好受，因此，再也没人愿意踏进她家大门一步。这时,你的安娜·尹来到门前,和我们在台阶上聊起天来。

"妮娜·舒布,你看,她就是这样的。她有房子,却不懂得如何管理。她有朋友,却对他们漠不关心。她有情人,却从来都没有在乎他们的感受。尽管如此,我对她总是有求必应。我把所有人,连同他们捡来的废铜烂铁,都扔出门,我把缠在树枝上的蛇放回窗外,把鸽子窝捣得稀巴烂,连远房亲戚也被我拽到门外台阶上。她就这样站在那儿,一声不吭,一动不动,直到天黑才罢休,从此便销声匿迹。(她的胳膊虽瘦削,但却孔武有力,绝不轻易认输。)你的安娜·尹看起来虽然强悍,但面对简单的秩序,却无从下手。当需要她使出力气、做出决定时,她的力量就会失灵。虽然她美丽动人、高贵优雅,但她散发的特质,让我避之不及。在她身上,能感觉到一股阴晦的怒气,一种执拗的疯狂。她不是我想要的那种未婚妻。遇上简单的事,她偏要化简为繁,遇见复杂的事,她还会化繁为更繁。她就像干冰,像没有门的门框,既不能遮风,也不能挡雨。她是会弄脏衣服的沥青,是挤脚的鞋子。在死人背后说坏话,的确很晦气。但你说她还没回来,难道还能有别的意思吗?这个隐喻用得真妙啊!我的妮娜·舒布,她死了!想要死而复生,就是痴人说梦,即便是最重的斧头,最无畏的英雄,也于事无补。你是不可能找到帮你的人了。"

"你胡说,她还没死,她只是一不留神跑到地下去了而已,而且,她的姐姐……"我有点语无伦次,这便是我对他无情话语的反击。泪水下渗到我喉咙的深处,让我哽咽不止。

他合上疲惫的眼睛,他有一种预感,我接下来要说的话,会让他感到厌烦,于是,他用疲惫的声音把话先说了。

"什么地下?什么姐姐?我知道人死时是怎样的。心脏骤停,血液凝固,脑部缺氧,细胞凋亡,脑电消失,脉搏停跳,人生就到了尽头。"

他深吸一口气,目光转向窗外。电梯往下行驶,仿佛一颗颗水珠从轨道上滴落。

"我生病了,时日无多了。我亲眼看见其他人离去。哪有什么来世。翻白眼、麻痹、脸煞白、冰凉、僵硬。多希望人也可以像蛇一样,把死亡的皮囊蜕掉,探出崭新的身躯。但这不可能。你替我买一朵园丁养的鲜花送给她吧。"他扔给我一枚硬币。

我伸手接住抛来的硬币,我的体温把它慢慢加热。硬币上镌刻着她的肖像,安娜·尹、尹·安娜的脸庞,后脑勺扎着几百条辫子。硬币的另一面则是那个人,她的姐姐。

电梯嘶的一声关上门，加入其他电梯的行列，逐渐消失在城市的车水马龙中。现在，我该回家了，躺在床上，用毯子捂住额头，闭上眼睛，用蜡塞住耳朵。我的朋友啊，消除绝望的专家啊，我的主人啊，我让你失望了。世界没了你不会毁灭，没人会在乎你的：地球还是沿着旧轨迹旋转，一成不变。时间在盛大节日前几天凝固，第一天，第二天，第三天，接着再重新开始——没有星期日。未来会发蔫，明天会变成干瘪的纸张，字迹模糊的签名赋予我拥有一次生命、一次死亡的权利，每一点都清楚地记录在表格里，每完成一项就在旁边打钩。最后，我将让位于他人。我的身体变成肥料，滋养着城市的花坛，矿物质和化合物将再度参与循环。

我边等下一趟电梯，边在脑海里回忆之前记下的地址。现在还能去找谁呢？还有谁能救她呢？现在只剩下那些弱小的、最弱小的、卑微的、平凡的、渺小的、最渺小的人了。

这是夏拉和卢拉尔。前者曾为她送食，后者曾给她洗头。

他们俩神经紧张地迎接我，他们已经知道了。消息早就在他们朋友间传开了。我们在餐桌间徘徊，人们开始庆祝节日，所以没有空桌了。四周传来刀叉、碗碟碰撞的声音，以及举杯共饮时酒杯的撞击声。夏拉经营着这家餐厅,一直在劝我多吃点,给我斟酒。他给我点了最美味的菜肴。糖坚果,炸杏仁。

"能做什么?"

卢拉尔送走那些想弄个时髦发型过节的顾客,然后帮我洗头,按摩肩膀。

"如果我有自己的军队、护卫军、忠心耿耿的员工,我们早就和你一起把她给救出来了。"他幻想着。他的手那么温柔细腻,一看就不适合舞弄兵器。

"如果我再富有些的话,我就会雇佣卫兵,租一架飞机,从空中抛下绳索,把她从地底下救出来。"夏拉边幻想,边翻了翻香喷喷的煎蛋卷。

"你还有劲儿吗?"他们俩问我,"我们需要做什么? 你说吧,怎样才能救她? 要不咱们等节日结束后,集结市民,一起上街游行?"

品尝过夏拉的佳肴,享受完卢拉尔的按摩,我感觉好多了。我的脑袋不再缺氧,此刻,只有一个名字映入眼帘——园丁。我应该先去找他的,早知道这样,就不必浪费时间了。尽管我的眼皮在打架,我的双腿连站立的力气都没有,我仍然继续前进。当我跑起来时,我的鞋子仿佛长了翅膀。

　　市中心上空的花园是全市最大的,在那儿甚至能见到真正的大树。沿着铺满碎石子和小地毯的小径直走,就能抵达茂密的树冠之下。在那儿,我遇见了他——园丁。他正悬在半空中,天空像支架般牢牢支撑住他,他正到树枝上挂灯笼。助手在花床里插满了油纸做的五彩斑斓的鲜花。我在树下向他挥手示意。他摊开手,一脸无奈。噢,你在忙对吧,无论你多忙,都给我下来!

　　他的白衬衫上有果汁渍,手里拿着挂灯笼用的绳子。

　　我打量着他——园丁长得十分标致,为人随和,自得其乐。他给我看他准备挂上树梢的灯笼。灯笼的皮纸非常纤薄,细小的纤维和灯光在嬉戏。我该怎么告诉他呢?灯光节即将来临,这时告诉他这样的消息,真的好吗?即使我把整件事给他解释一遍,他又能做什么呢?他是个永远长不大的男孩,制作纸塑、纸板鸟儿的大师,马戏团的空中飞人,但这是否意味着他会披上铠甲,拎起武器,与恶龙来一场生死决斗?他会义不容辞地奔赴炼狱?他可是个浪荡子弟、街头艺人啊。

　　"妮娜·舒布,你脸色不太好,你哭了吗?"他边问,边把我搂进怀里。

我依旧缄默无言。

"你怎么了？为什么哭了？"他继续追问,这时,一群小屁孩儿跑了过来,围着他,让他点灯笼。他的裤兜里总是塞满糖果,他是怎么做到的？他抓了几把巧克力葡萄干、杏干蜜饯、香蕉干,分给孩子们。

"安娜·尹,"我说,"尹·安娜,她到墓界里去了。"我小心翼翼地观察他的脸色。在他张嘴说话前,答案已经很明显了。

"我知道。"他低声说。

我顿时看透了他的想法：在这件事上,换作谁都无能为力。没救了。他低下头颅,沉默不语。

"我们保持联系吧。"当我转过身,继续向前奔跑时,他大声向我呼喊。

我心里满是遗憾,转过头来瞧了瞧,他系在绳索上,悬挂在半空中,安全带温柔地包裹着他结实但柔韧的身体。他乌黑的卷发搭在肩上,活像一支为城市上色的人形画笔。我欲言又止,只能把没说的话强咽下去,喉咙隐隐作痛。

九　浴场

（安娜·恩赫杜的故事）

更衣室里，每个人都必须脱光衣服，才能领一条白毛巾和一把钥匙。我赤足踩在温热的瓷砖上，走进浴场深处。我，妮娜·舒布，每一步都很笨拙，大家都在打量着我，我开始着急起来，因焦虑而倍感虚弱。"怎样才能找到安娜·恩赫杜？"一路上，我询问每一位路人。他们都边说，边用手比画着：在那儿，在那儿，水蒸气遮住了，在聚集着温暖人体的甜蜜的、乳白色的液体里。噢！如果我也能停下脚步，融入这片温暖的氤氲中，浸泡在芬芳四溢的水中，任由软绵绵的手温柔地抚摸，那就再好不过了。身体紧挨着身体，肌肤紧贴着肌肤，嘴唇触碰着嘴唇。除了这简洁的等式，最简洁的几何图形，我已别无他求。

  一个高个子女人转过身来，注视着我，她裹着白色头巾，全身只披着一块亚麻布。她一见到我，察觉到我脸上的表情后，便找别人来接替她手头上的按摩工作。我的样子一定很无趣、很难堪，不然她也不会一声不吭，拎着我的手，把我带到洁白、柔和的走廊里。她给我递上一杯甜茶，让我在池边坐下，用香气扑鼻的水为我沐足。

  "安娜·尹、尹·安娜。"我直入正题。

  我不抗拒她的手，安娜·恩赫杜的手，恩赫杜安娜①的手。这双手把我按入散发着精油香味的温水里，我全身的肌肉顿感轻松，疼痛退去，一路上挥之不去的恐惧、焦虑和恐慌，现在化作愠怒的泡沫，消失了，不见了。

  "每当安娜·尹、尹·安娜来看我时，我也是这样给她洗浴的。"女子说道，"我侍候她，为她整理床铺。清晨的阳光越来越明媚了。来，我给你抹油吧。"

  她的脸充满生机与活力。我说的每个字，都映照在这张

---

① 此处原文为 Enhuduanny，即安娜·恩赫杜（Anny Enhudu）姓名颠倒后的连写。历史上的恩赫杜安娜（Enheduanna）是世界上最早有记载的署名作家，她创作了多部有关伊南娜的赞美诗。——编辑注

脸上。她的眉毛、双眸、脸颊和嘴唇——这是一张水银做的脸，一张抛光后的白银锻造的脸，宛若明镜，而我透过它，诉说着故事。

她用一尘不染的亚麻布把我的身子裹了起来，再把我带进房间，房间中央矗立着巨大的装饰用的水烟筒。玻璃烟壶里烟雾聚拢。墙下堆砌着数千块泥版，其中一些版上刻满了文字，另一些才刚出炉，还保留着光滑、盲目的样子，等候着芦苇秆，在上面刻字。

"你认识安娜·尹的母亲吗？你认识她的母亲吗？她是谁？为什么我从来都没听说过她？难道是我聋了？"

安娜·恩赫杜的故事

"她比你以为的要更老些。"安娜·恩赫杜开始说道，"大家都说，她是他们的母亲，但这不可能，因为他们并无亲缘关系可言。父亲、母亲、女儿、儿子、兄弟、姐妹，这些都是人类思维爱走的寻常路。他们有专用的高速公路。他们身上流淌的血液里，是找不到血红蛋白或者染色体的。他们也不受四大原则的约束。他们的血液是高压液化了的永恒，颜色如沥青一般黑。"

九 浴场（安娜·恩赫杜的故事）

"当她年轻时，当他们都年轻时，当神还是人，世界方兴未艾时，他们有很多工作要做。诸父设计和构思建筑物，而最小的孩子们负责建造，他们一窝窝出生，他们是有神性的幼犬。世界是一片庞大的工地，是神的建筑公司。他们择地、蓄水，从此便有了海洋、湖泊、运河，他们还挖掘出纵横交错、绵延不绝的河床。他们用大篓子背着巨石，这些石头最后堆积成崇山峻岭。他们还从泥土里筛选出黏土和铁矿。他们把一些地方夷平，在上面撒沙子、放岩石，这就成了沙漠。他们在海岸边栽种野生橄榄树和柽柳。他们还用脚踏出了一片片沙滩。这项工作甚至连神都感到费劲。那些年纪最小、最缺乏耐心的神终于还是掀起了叛乱。某天，他们用一把火，把篓子、锄头、镐子给烧了，把自己的工具都烧成灰。他们去找她，去找宁玛，来到她跟前，愤怒得捶胸顿足。

"'你睁大眼睛瞧瞧！'他们如是说，'我们的工作如此艰辛，而他们仨呢？他们倒好，整日在工地边闲逛，无所事事，他们画的图纸也越来越标新立异，让人摸不着头脑。但是，他们的那些奇思妙想，往往自相矛盾，难以实现，有时甚至完全无法实现。他们不是过度追求细枝末节，就是在做白日梦，尽出些疯狂的主意。他们是我们不幸的祸根。他们的脑子只会游思妄想。你找他们谈谈吧，他们必须让步，让他们来找我们谈判。我们不能再这样埋头苦干了。这个世界对我们而言有何用处？我们为什么要吃力不讨好？我们只求安宁。'他们如是说。"

安娜·恩赫杜往水烟筒里扔了一撮苹果干和香草药，给我递了一个烟嘴儿。香甜的烟雾，让我的肺部感到无比舒畅，我顿时心满意足，一切烦恼都烟消云散。我的安娜·尹都已经死了，对于永恒的黑暗来说，这温暖、芳香的时刻，这被延长了的一小时，简直是微不足道。

她的纤手把一盘圆面包、黄油和蜂蜜推到我面前。蜂蜜宛似流淌的金子，色泽与安娜·恩赫杜的瞳孔一模一样。

"这些劳动者遭受此般磨难，她也心生怜悯。"安娜·恩赫杜继续述说，"甚至可以说，她是他们的母亲，他们是她的孩子，或者她是他们的姐姐，他们是她的弟弟。她也是这么想的。这些设想也太狂妄自大了吧。为什么要堆出崇山峻岭？为什么要让河流注入大海，这不是教唆自杀吗？既然狂风会打造沙丘，那为什么还要踏平沙漠？既然树木会枯萎、腐烂，那为什么还要种植森林？"

"她拎起篓子，拿起树棍，系好凉鞋。她找到他们时，他们正在打瞌睡。他们当中，会计的年纪最大，她把他唤醒，会计十分暴躁，捶打着大腿。

"'我好不容易才睡着,你为什么要吵醒我?我失眠足足一个月了!'他呵斥道。

"当他看见她手里拿着篓子和树棍时,他才清醒过来。"

"他老是发明出一些奇形怪状的生物。当他第一次给大家看他画的刺猬时,顿时引来哄堂大笑。这想象力多疯狂啊!他们大声叫嚷着。把锋利和柔软、软弱和凶悍糅合在一起,他们边加以赞赏,边饶有兴致地捋着胡子。多有创意啊!他还发明了食蚁兽,你知道它长啥样吗?"安娜·恩赫杜问道,往烟壶里添了些猫薄荷干,"他还想在石榴果实里放种子:每粒种子由凝胶盒子保护着。蒲公英镂空的种子可以在空气中飘舞,寻找更好的世界。你见过蜈蚣?水母?那就对了,不得不承认,他的想象力确实很了不起。也正是他发明了一种巧妙的秩序、安全阀门:一物降一物,这样世界便永远都不会过度拥挤。他握着铅笔,绘制了一张图纸,规定了谁攻击谁,谁猎杀谁,谁吞食谁,谁驱赶谁,谁砍伐谁。多美的等级制度呀!直至今日,大家仍对这部充满智慧与逻辑的作品佩服得五体投地。这部作品仍挂在他的办公室里,它还被复制成数千幅版画,他所颁布的法令皆体现了图纸的理念。生命之树。"

"噢对,我见过。"我说,"他给我看了。"

"他不放过任何一处细枝末节。"安娜·恩赫杜继续说,

"他设计了寄生虫、细菌,让这一秩序伸展到最深处吧!让弱肉强食的法则遍布全世界吧!这一切,都是为了不让某种东西能永续长存。谁只要活得够久,就终会发现,自己被困在某种蓝图中,开始心生怀疑,甚至躁动不安。这个秩序一旦引起怀疑,就不可能永远维持下去。正因为如此,它的缔造者才会失眠。"

"当他听见他的弟弟在抱怨工作繁重时,目睹他们暴动时,他慌了起来。于是,他叫醒了另外两位父亲。他们睡眼惺忪,捋着胡子。

"'如今事态严重。道理在他们那边。我们的设计有误。'他说。

"他惶恐不安,眼神游离。每当他陷入沉思时,都会这样。他的舌头含在嘴唇之间,显得有点犹豫。舌尖在空中书写出第一份草稿。

"就这样,他画了一个形象。他是由肉、水,还有矿物质组成的。体积小巧,不会占据太多空间,而且不至于太过强壮,因此不必担心他会反抗。这个形象的双腿强壮有力,能够承担重量。他的手十分灵巧,能制造工具。

"哦对,他的确得意忘形了,铅笔似乎拥有了动能,产生了相互影响、相互依存、相互联系的矢量。他想出了一个办法,使这些形象互相吸引,使他们厌恶孤独,这个时候,最危险的想法诞生了,他为他们设计了性别!与此同时,还设计了相应的器官,使他们能够自我繁殖,这样神就不会被打扰了。但这是一种起着区分作用的性别,而不是他和其他父亲、兄弟姐妹、母亲还有女儿所拥有的那种性别,那种是可自由选择的多重性别,是起着连接作用的性别,是为同时成为兄弟和情人、父亲和姐妹、儿子和母亲提供可能性的性别。他给予这些小生物一次性的性别,以及某种粗劣的模仿能力。直到他自己也对此感到恐惧,但只持续一瞬间,很快,他又给予了他们短时的快感,来弥补他们要承受的耻辱。并为其发明了以死亡来结束的短暂生命,正因如此,他们的生命才这般短暂,以至于他们来不及察觉出他的整个计划。这让他心情舒畅:他笑得浑身颤抖,他身后的那些看客也跟着笑了起来。这样才对嘛!好一个妙点子!他们将为此花很多时间;他们将会相互吸引,相聚在一起,又分道扬镳,他们将会思念和幻想,渴望和渴求,承受痛苦和陷入狂喜。他往湿润的泥版上呼一口气,他所画的原型,空洞的草稿,竟然活了,这小人看着自己,顿时感到害臊,用手掩住生殖器,又引起一阵哄堂大笑。

"别客气!你来完成他们的制作,他对她——宁玛说,把图纸交给了她。

"她拒绝了。不。不能以这种方式,不能以这种手段。看来,是他误解了她。

"她说:'当我们的脸被阴影笼罩时,当我们畏缩不前时,是多么幸福啊。我们的内心风平浪静。一开始就错了。眼前的这个世界,并非一个好主意。它给我们带来的只有艰苦与劳顿。如果什么都不创造、不移动、不改变,岂不是更好?一切都保持原样。那也没办法,可能存在的都已经存在了,为什么还要创造不可能的事物呢?如果本可以保持静止,为何要去移动它呢?如果本可以一成不变,为何要去改变它呢?既然我们闯了这么多祸,那么是时候让世界冷静一会儿了。让太阳每天升起一次,落下一次。在白天变热的东西,在晚上也该冷却下来。地球变成一块蓝色珊瑚,自给自足,悬浮于黑暗中,发光发亮。草原和森林遍布大地,不再有农作物和田埂。从云层里落下的雨珠会浸润大地。寂然不动,就是温柔、美丽和优雅。既然我们不忍心看到动物承受痛苦,那为何我们还需要这种生物,这一平淡无奇的存在呢?不。'她说:'不创造胜于创造。'

"她对他们这样说,而他们边听,边在脑海里思量该如何反驳。他们早已串通好了。

"我们需要这些人,我们也该休息了,这话说得理直气壮。

"但此时宁玛已经决定离开了。她拎起篓子和树棍。

"'我不会加入你们的,她回答道。只有不安,才会创造。只有恐惧,才会创造。而创造只会导致不幸,因为所有被创造的,终会分崩离析。每个'要有'都是灾难的开端。

"''那该怎么办呢?'他们问,'得造出帮我们分担工作压力的人呀,这些人还要照料现存的世界,泛滥的河流、动物与植物。他们还要守护庄园的果实、疏浚河流、栽培作物。那时,我们就能休息了。聪明的宁玛,别担心,当他们完成任务后,我们就会毫不留情地把他们赶尽杀绝。'他们如是说。

"不,她仍坚持己见:'别搭上我。你们自个儿制造奴隶吧。这很简单。造人的方法很简单:取少量刚挖掘的黏土,少量血液,一滴你们的精液。把混合物放进肚子里,怀胎九天。大功告成。'

"她挖苦地笑道。

"''我走了'。她说。

"其中一个父亲抓住她的手腕,扯住她布满肿瘤的树棍。他们知道,只凭他们的力量,是无法实现的。他们只能画草图,只能监督工地,唯有宁玛能粘出三维的人。因此,他们像小孩一样,誓不罢休:'求你了,求你了,你造了他们,我们就不会再打搅你了,那时你想去哪就去哪。最后一次了,我们求求

你了……'

"她,安娜·尹、尹·安娜的母亲,让步了。"

安娜·恩赫杜深吸一口气。烟斗熄灭了。她扯下头巾,露出光滑锃亮的颅顶,穿上亚麻短袍,用围巾盖住肩膀。

"说实话,我无法理解她。"安娜·恩赫杜接着说,"我无法理解整件事。为什么她要挖出黏土?为什么她要创造我们?九天后,我们从她的肚子里出来,那么苍白、脆弱。九天里,我们待在她暖和、漆黑的肚子里。当我们降临世上时,我们睁不开眼,浑身打哆嗦。我们在河边造小房子,用芦苇覆盖屋顶。晚上,我们走到房子前,抬起头,直觉告诉我们,她就在那儿。我们尝试用嘴唇摆出不同的形状,我们相信,终有一天,我们能念出她的名字。但是,我们看不见她。不仅看不见她,还看不见他们中的任何一个。于是,我们目不转睛地看着芦苇,看着从河对岸刮来的饱满种子。我们观察蜗牛壳的构造,用手指抚摸它的螺旋纹路,我们发现,这和指尖上的纹路一模一样。我们观察蚂蚁如何筑巢,如何搬运松针,如何用一块木头撑起走廊的天花板,从它们那儿我们学会了如何建造城市。我们看河流如何侵蚀出新的河床,我们还帮河流一把;我们开凿灌溉农田的运河。我们观察种子如何落到土里,植株如何破壳而出;我们照葫芦画瓢,学着播撒种子,收获植株。

我们发现,河边的黏土有鸟儿留下的足迹,于是我们也模仿起来;我们也学会了在黏土上留下自己的印记。"

"你看。"安娜·恩赫杜边说,边给我展示写满了字符的泥版,"我把一切都记录在黏土上。泥版不怕水蚀,不怕火炙,不怕风袭。纸怕火烧,而沙漠干燥的沙子会保存我写的一字一句。"

安娜·恩赫杜,这个没有头发的女子,脸庞黝黑美丽,她是每一位记录的人,她把许多小方块泥版摆在我面前,每一块巴掌大小,如同小孩爱玩的拼图、积木,如同多米诺骨牌。可以用它们来缔造整个世界。

她继续说:

"神明们啊,我们做到了,我们琢磨出了你们所暗示的秘密:如何建造,如何工作,如何收获,如何播种,如何熔化金属,如何镌刻出你们的肖像,这些肖像滑稽、失真,甚至有点虚幻,因为我们没见过你们真实的样貌。

"安娜·尹的母亲每晚都会在他们房子四周徘徊,透过窗户看着里面的人。她看着他们用自己无法掌控的力气拥抱彼此,他们的身体紧紧缠绕在一起,繁衍出与他们一样的后代。她看着新生儿在黏土打谷场里出生,如此无助,眼睛一片模糊,像是肉块被塞进人形模具里一样。他们因为水源污染、洪水肆虐而死亡,每一场瘟疫都会导致人口锐减,每一场山火都会殃及性命。没有什么比他们更脆弱了。与他们比起来,小草显得生生不息,坚不可摧,花儿也仿佛由钢铁锻造而成。

"她,这个老女人,就此大功告成,皆大欢喜。创造了人:某种优于动物,但劣于神的东西。聪明,但不够睿智。强壮,但缺少真正的力量。自信,但也充满恐惧。敏锐,但还不至于能洞察所有被掩盖的真相。这才像话嘛!为了表达对她——宁玛的钦佩之情,大家举行了一次宴会,座无虚席。之前的策反者也心满意足了,终于能好好休息了。他们在一片碧蓝天穹下的平原上,在被踏平的沙漠上都摆满了餐桌。他们雇来寒风,让酒饮降温,雇来海浪,让宴会热闹非凡,鼓乐齐鸣。

"他们真是海量,饮下顶级的啤酒,一醉方休,喝酒该有喝酒的样子。

"大家对诸父赞不绝口,称他们是伟大的设计师、建筑师,正是他们用一宿时间,想出了语法、天堂、生命之树、秩序,正是他们发明了刺猬,一丝不苟地把石榴籽儿包裹在凝胶鞘膜里。"

"我几乎能听到这些声音,嘈杂聒噪。"安娜·恩赫杜说,"玻璃、金属餐具撞击盘子边缘的哐当声,蛤蜊壳被撬开时发出的咔嚓声,七嘴八舌的吧唧声,掰开肌肉和肌腱被啃个精光的鸟骨头的咔哧声,喝着巨大玻璃杯里的啤酒白沫的咕噜声。"

"'谁还能粘出这样的东西,这样的旷世杰作?谁能比得上你,宁玛,谁还能比得上我们睿智的雕塑家、我们的姐妹、母亲和妻子?'他们边敬酒,边问道,并异口同声地说,'谁也比不上。'

"但她,宁玛,安娜·尹的母亲,浑身不自在,伤心欲绝,泪水浸湿了双眸。她坐在边上,桌角直对她的心脏。他们因此嘲笑她,笑话她再也嫁不出去。当然,这只是迷信。她把篓子放在身旁,把树棍倚在膝盖上。他们不断给她斟上甜蜜浑浊的啤酒。他们半蹲在她身旁,把头伸过去,希望得到她的爱抚。她说:'每一个存在,每一个我所创造的人的形象,有极致,也有瑕疵。我已经尽力了,但人无完人。很不幸,通过这种方式,我赋予了他们命运,有好的,也有差的。说我的作品好,是因为他们起码能活着;说不完美,是因为他们无法理解生命的一切。他们无法获得幸福,对此,我深感遗憾。'"

"这时候,最年长的父亲,坐在桌子另一边,他举起一大杯啤酒:'噢,不,不,我亲爱的。你只负责造出他们。这你完成得很出色,但计划由我来做。你是一位卓越的工匠,但我是艺术家。应该由我来主宰他们的命运。我会纠正他们的命运。'他举起酒杯,似乎在敬酒,'让我们玩得痛快吧!有请,你来造个人吧,喏,用满地的垃圾粘出一个人儿来,用脚下的泥巴来造,用沙漠的尘埃来造,用餐桌上的残羹剩饭来造,用撒得周围到处都是的啤酒来造,用啃得精光的骨头和吐出来的籽儿来造。你来造个人吧!'"

"在场宾客也开始助威呐喊:造个人吧!来造个人吧!他会赋予他命运!

"有人甚至开始下赌注了,抓着彼此的手,大声击掌,表示合作愉快。他们捶打餐桌,互相使劲碰杯,啤酒白沫直往天上飞。"

"这时,她犯了第二个错误。她是这样告诉我的。"安娜·恩赫杜边说,边把围巾缠绕得更紧。浴池的雾气散去,变得凉飕飕的,显然,夜晚炉子会熄灭掉。安娜·恩赫杜吸了一口水烟,但水烟也熄灭了。"傲慢让她迷失了方向,这是神唯一的罪。"她深感遗憾,"她同意加入这场游戏。她抓起一撮脚底的泥巴,把泥巴和餐桌下那些乱七八糟的东西混在一起,她心灵手巧,一眨眼工夫,就粘出了一个人形。但是这件作品并不合格。甚至有点粗制滥造。腿部摇摇晃晃,站都站不稳,众目睽睽之下,他赤身裸体。宁玛给他一小块面包,让他别那么怯场。但是,这小人儿太过虚弱了,灰头土脸,看不见一丝生机,他的手一直在颤抖,连面包都抓不稳,掉了下来。宾客们顿时哄堂大笑。"

"'你会是一个很好的侍从,因为你这双手不适合偷东西。'最年长的父亲称心如意地说道,他俯视着这惊慌失措的生物。他的话赢得一阵喝彩。"

"他想立即把小人儿捏碎,但宁玛从他手中把小人儿夺走,藏在篓子里,并说:'既然诞生了,又何必摧毁呢。既然诞生了,他就不是我们的了,不再属于我们。'

"游戏继续,年纪最大的父亲说。庄家在他的账户上画了一个加号。

"她粘出第二个小人儿,他立即就活了。他睡眼惺忪,一时还不能适应强光。但年龄最大的父亲叫嚷起来:'他是瞎子!不过也好,让他上街头卖艺,为大伙儿奏上一曲,让美妙的夜晚荡漾在音乐中。你觉得怎样?'

"不了,我们不要再继续这个游戏了,宁玛说罢,走向门口。年轻点的父亲急忙跑上去,抓住她被黏土弄脏的围裙边儿。

"'你可别走,你可别走,我们不允许你无故弃权,一走了之!'他们给她递上一大杯啤酒,把她按在长椅上,'我们在你身上下了注,你不能这样溜了。比赛得继续!'他们喧哗起来。

"于是,她造了第三个人,这个人腿没劲儿,没站稳,就摔了个跟头。

"'你将一直坐着,制作珠宝首饰,你不必行走,'会计吼道,他感觉找到了乐子。'再来一个!你再造一个!'所有人都叫嚷起来。

"下一个人完全迷迷糊糊的,晕头转向,不知自己在哪,急忙找地方逃跑,窜到椅子底下去,把脸埋在双膝之间。"

"这是个傻子!'会计尖叫道,'噢,那就让他当个文职人员吧,把他绑在桌椅上,看他还怎么逃。给他一个算盘,让他不断地核算数字。'

"他们哄笑不止。再来!再来!下一个人从她的指间溜出来,惊恐万分。他失禁了,尿了一地,这引发在场宾客的又一阵狂笑。最年长的父亲用手指弹了一个小人儿的脑壳儿。

"之后,一个女人诞生了。她个子矮小,身形瘦削,肚子干瘪。看样子,她是不能生育了,于是最年长的父亲认为,她应该去织布或卖淫,否则她将一无是处。最后造一个人。最年长的父亲,酒劲上头,直接把小人儿从她手里抢来,她还没来得及完成。

"'噢!这个人什么都没有,没阴道,也没阴茎!'会计边说,边把这个人展示给大伙儿看,'我们怎么处置它?我们该怎么办?该给他怎样的命运呢?'

"'别闹了!'宁玛大叫,把一块黏土往地上扔,大家才安静下来。而他,最年长的父亲,酒劲上头,脸红彤彤的,突然露出严肃的表情。

"'你气啥?你想干吗?'他问,'我为你造的这些有缺陷的生物找到了归属,赋予他们命运。因为有我,他们才找到活下去的方法。我有什么不对的?'

"其他人也在声援他:'他做得对!他给他们归属了。'"

"最年长的父亲心灵受到了伤害,他弯下腰,用手抓起一把黏土。'那好吧,既然你不想干了,那我亲自来造人吧,我们互换角色吧。'他说。

"他在黏土里挖了许久,他的舌头也派上用场,用唾液湿润手指。其他兄弟开始不耐烦了,在一旁窃窃私语。要知道,他是搞设计的,画图纸挺在行,但实操就难说了。刚刚他自己也说了,他是艺术家,而不是工匠。但显然啤酒让他丧失了理智，胜利冲昏了他的头脑。这件事只有宁玛，这个拿着篓子和树棍的女人才能完成，他这不是多管闲事吗？

"造人的过程持续了很久，甚至能依稀听见他的喘息声。最后，他给大家展示了他的作品。大多数宾客都不忍直视，因为这个生物又瘦小，又不成形，每一处都是粗制滥造，而且病恹恹的——他的眼睛生病，颈背生病，肋骨弯曲，肺部感染，心脏衰竭，每个内脏都告急，手臂软弱无力，把一块小面包送到嘴边都做不到，他的脊梁骨也是错位的；其中一个头的方向有些不妥，扭曲的脖子上还多长了一个头，也许是多余的黏土变成的。就这副模样。但会计却洋洋自得起来。

"他宣布：'我给他起个名吧。他就叫，让我想想啊，就叫乌姆吧，听起来像我喘气的声音。你看，现在轮到你了。我给你做的小人儿找到了生存之道，现在轮到你教他养家糊口了。他怎样才能生存下去呢？你这么聪明，一定会有好点子的。'

"她俯下身子，用怜悯的目光审视着这个可怜的人儿。她和他攀谈起来，但他张不开嘴，更别说搭话了。她给了他一个水果，但他甚至不能用手接住。她给他铺了床，但他甚至不懂怎么躺下身子。

"'你做的这个人，半死不活的，我该拿他怎么办？我该怎么帮他？'她问。

"'你也看见了吧?'最年长的父亲吼叫着,双腿已经摇晃起来。'现在你打算怎么办?这个人永远都不可能自力更生了,也许他可以靠吮吸你的乳汁维系生命。你也拿他没办法。你输了。你们都看见了吧?'他把身子转向宾客们。'现在你们看见了吧?'

"他赢得了阵阵欢呼,然后大家都回到座席上,不再关心游戏了。

"她把这些柔弱、有缺陷的小生物逐一拾起,放入篓子中。

"她站在长长的餐桌的尽头,怒火中烧,愤慨不已。她手持树棍,往宾客那儿一扫,要不是他们反应迅速,急忙低下头,脑袋大概就不保了。大家都受到惊吓,因为她一直都很温柔。大家沉默了。

"'我不会再和你们住一起了。'她说,'我不会再在天上住,也不会在地上住,我也不会在自己修建的房子里住,也不会在不属于我的城市里住。我的城市和房子早已毁于一旦,我的孩子们也沦为奴隶。'

"'她在说什么?'他们问。'她疯了吧。歇斯底里!'有声音说道,'她也太出格了吧。'

"最年长的父亲从座位上站起身来,大喊道:'你的作品有缺陷,母亲、妻子、姐妹,有谁是反对的?'"

"他的目光扫过在场的宾客,他们手举在半空中,拿着啤酒杯,一动不动。

"'你不能和我平起平坐,你的手掌更软弱,手臂更软弱,头也更软弱。'他说,'就算你能给予生命,那又怎样?你不也还是不知如何处置生命吗?有谁不同意的?'

"的确没有。"

安娜·恩赫杜的水果香甜可口,她说的话充满智慧,她的触摸让人释怀,她的水烟气味香郁,让我重新充满力量。但是她的故事——太吓人了。

"妮娜·舒布,你去找她吧。"她对我说,"从那时起,就再也没人有求于她了。她目前住在城市之外,沙漠的边缘,我也很少和她见面了。但你大可放心,她是不会推搪的。"

她在一块泥版上给我写了几个字。这是地址。

十　车夫

近百年来,车夫已经和人力车长在一起了。车辕从他们的肩胛骨处长出来,犹如木头翅膀。这位车夫肤色苍白,很可能他是在昏暗的地下室里长大的。他的车子表面已经覆盖了一层乳白色的、纤薄的表层皮肤。我,妮娜·舒布,我,每一位讲故事的人,我永远铭记他,因为他的双腿奔跑起来,比任何一辆机动车都要快,拐弯技术熟练,还能跃过路上的水坑。我们在楼层间穿梭,一直往城郊跑去。路途遥远,城市巨大,像金属菌丝体一样延绵不断。太阳缓缓升起,漠视眼下的一切,是时候和月亮换班了。

在城郊有许多温室大棚和塞满货物的仓库,它们像一个闪闪发亮的、雾气萦绕的圆环,包围着城市,为城市升温加热,供应粮食。这里也是那个年老的女人,安娜·尹的母亲的农场。是安娜·恩赫杜,牛奶浴场的老板,给我提供的地址。

眼前这番乡村美景,让车夫惊叹不已。有一瞬间,他甚至驻足不前,原地踏着小碎步。法律严禁车夫与乘客攀谈。但是这次,车夫勇敢地破例一次。他实在憋不住了。首先,他花了很长时间清嗓子,由于太久没开口说话,嘴巴和舌头有一半已粘连在了一起。

"没人住那儿,荒废的机场。"他有点犹豫。他的声音十分沙哑,听着像是轮子碾过石板街道的轱辘声。

我还是坚持己见。我再确认了一遍住址。车夫拉着车,继续疾驰,但我发现了他的急促不安。他转过头来,看了看我,倒吸一口气,然后从鼻孔吐出来。他说话时十分吃力,舌头过于僵硬,以至于咬字不清。

"你知道,车夫们怎么说?"过了一会儿,他含糊不清、支支吾吾地问我。

他能知道些什么,这可怜的奴隶。他太担心了,放缓了脚步。

"她。"他回答道,"他们说,她就住那儿,搬出了城市,出了城市,城市。"句子在他的嘴里融化,直至完全被淹没。

车夫再次因担忧而停下,在原地跺着脚,但过了一会儿,便以更快的速度奔驰了起来。

"你告诉她这里的情况吧。这里的情况。这情况。情况。"他说话时,有点卡壳。看来,引擎的某些内部结构已经完全和他的身体融为一体了。他不想收钱,但我还是硬塞给他,免得老板发现账目对不上,他就该吃亏了。

这里是怎样的？我一直思考着这个问题。在城市里出生,意味着,除了城市我们一无所知。一些人出生在上层,那儿阳光明媚,另一些人则出生在底层,那儿没有阳光,人像蘑菇一样活着。一切都仅此一次,我们的生命也仅此一次。在我们出生前,没有我们,在我们死后,也不会再有我们。天堂只是个数字化的梦。没人会拯救我们,改善我们,弥补我们。日复一日,我们只会变得越来越孤立无助。

十一　温室和温床

我,妮娜·舒布,我,每一位讲故事的人,抵达了这片荒废之地,但我没找着她。我花了大半天时间,在建筑物间漫步,目光不轻易放过每一扇门、每一个角落,我一直呼喊着。停摆的机场里,有个废弃的机库,似乎是她安家的地方,机库由临时的隔断板分割成一个个狭窄肮脏的房间。这里没有人住过的痕迹。也许地址有误?也许她早就搬走了?我在过道里寻找她,两旁墙壁上的墙纸已经发白、脱落,在疏于打理的房间里,悬挂的窗帘已经穿孔破洞,不论何处,都不见她的踪影。玻璃窗被打破了,上面贴着旧报纸,狂风没能把它们刮走。我走进办公室,这里同样空空如也;浴室断水已久,变得干涸,我走进停放着石化了的汽车的车库去寻找她。我打开柜门,里面存放着陈旧的、氧化泛黄的文件。我还检查了一遍储藏室，蚂蚁已经把最后仅剩的陈年面包渣都啃光了。我开始害怕起来，我也许永远都找不到这个女人了，我害怕安娜·恩赫杜其实是因为吸了水烟，意识麻痹，在胡言乱语。

嗳，妮娜·舒布，你没力气了吧，我在自言自语。你的旅途快告一段落了。你已被判出局，被揪到棋盘外，到熟悉的区域之外。可以说，这都在意料之中。难道一个可怜的人，一个平凡的助手，还能取得什么成就？去拯救神？拿着一把锄头，就想着要射下太阳？即便是神，也不懂如何自我定位，他们仍在寻觅自我，终日惶恐不安，更别提人了。如果你看到某个人，在清晨四点时，一直沿着公路向前走；或在上班高峰期逆着人流，漫步街头；或在空空如也的电影院里，孤零零地看电影；或在酒吧快打烊时，孑然一身窝在角落，当地板已被擦得发亮时，仍要请酒保喝最后一杯酒；或是驻足月台，故意错过一趟又一趟列车；或总在火车站露宿，不厌其烦地躲避警察的追赶：这些人，很可能是神的一员。他们是永恒的，但不一定是幸福的，原因在哪？他们虽然全知全觉，但又什么都不知道。他们无所不在，但又常常缺席。寻找自我是他们主要的工作。母亲寻找女儿，妻子跟随丈夫，男情人寻找女情人，即使下地狱,也在所不惜。某个沦为流浪汉的儿子,身体半裸,喝得半醉,漫无目的地寻找着失踪的母亲。他们寻找着自我,一直做着这件事,永远看不见尽头。就算最后找到了,也会重新遗失。至少在这件事上,我们人类比他们更有优势——对我们而言,一切仅此一次。

我美丽的安娜·尹、尹·安娜!是我没用,是我辜负了你。我拖着脚步,走得很慢,还迷失了方向。我没能把握机会,缺少运气。

这片地区——这片城市以外的区域——实在让人难受。城市是垂直的,一直往上攀升,而这里竟是水平的。混凝土板上长满棕色的野草,没有一架飞机能从这里升空。这种环境,我无法适应,待在这儿让我充满恐惧。我往地平线那边的建筑群跑去,但是地平线就像橡胶绳,一直在我跟前逃窜。

不知不觉,这幢巨大的房子化身绵延数公里的仓库和储藏室。这些食品和物资仓库规模如此庞大,足以满足整座城市的需求。货架上摆满罐头,由于年代久远,上面的标签已模糊不清。这里还存着些桶装奶粉、锡铁罐蜂蜜,圆木桶里还存着些葡萄酒,此外还有应急面包、罐装植物油、压缩面条、袋装干红豆。还找到些袋装汤料包,包装说明字迹不清,早已过期。但是,这里看不见任何生命的痕迹。这些食物都储存在经过灭菌消毒的空气中，它们死气沉沉，没有气味，味道紧锁，等待释放。紧绷的心脏驱使着我往前走，眼角感觉有点湿润，我在默数，我亲爱的朋友已经沉默了多少小时、多少分钟，我默数着自己的心跳。

这是温室，巨大的库房由玻璃覆盖，低矮且密不透气。我察觉到远处的动静，于是，我跟随着幻觉走了过去，但我只看见许多平坦的、铺着肥沃花泥的温床，散发着一股臭氧的气味。刚刚的动静是怎么回事？也许，只是轻盈的塑料袋随风飘起？也许只是皱成一团的糖果纸？空塑料瓶在水泥地上滚动，模仿人类脚步的声音？

然而，的确有个人站在玻璃平面之间，一个弯腰驼背的孤独身影。这个人从泥土里拔出了些东西，然后小心翼翼地摆放在牢固的藤篮子里。我朝她走去，小跑起来，但却没有感觉到她离我越来越近。我虽然在向她移动，但我似乎仍原地不动。我开始绕圈子，螺旋式地靠近她，但这也不起作用，根本无法接近她。我无奈地站在这条透明的线上，抬起手，向远处的那个来自另一个世界的边缘的身影打招呼。终于，她发现了我，转过头来，总算看见我，我的脚步也变得更轻盈，双腿移动得更迅速，想弥补方才落后的距离。现在，我就像在魔毯上走路一样。

这位女子弯下腰,从地里掘出圆鼓鼓的块茎,小心翼翼地把它们放进篮子里。

她一言不发,没正眼瞧我一下。

"噢。"我只憋出了这个字。噢。我只剩下这个字,一个"噢"字。现在的我已经哑口无言,其他词我已经用光了。录了音的光盘不见了。文件全被删除了。

她抬起头看了我一眼,等我说下一句话。

"安娜·尹去拜访姐姐了。"我试着重述整个故事,具体是第几次,我已经记不清了。词语不受我控制,从我的嘴唇间滑出,落到地上,像蠼螋一样消失在墙角的缝隙里。我不想多说。我也不会说得更多,尽管这里没有人要限制我的字数。说完了,我坐在她腿边,喘着粗气,在地上仰卧,遥望天空,真正的天空,真高! 真神奇,如此巨大的玻璃穹顶,是靠什么支撑起来的呢?

女子又开始聚精会神地挑选起土里的块茎了。她的鼻子下方低声嘟囔着。她让我休息。然后半蹲在我身旁,现在,我终于瞥见她的脸庞:这是一张非常苍老的脸,苍老到像一块石头,一块岩石。她瘦削的身材像布满木瘤的树枝。她银灰色的头发绑成了四条辫子,搭在后背上。她的眼睛困在皱纹编织的渔网里。那眼睛颜色深邃,几乎是纯黑的,像焦炭一样,熊熊燃烧。她带我进入低矮的温室里,这里得弯腰才能进去,这些是珍稀植物的巨大温床,比如有一种罕见的小洋葱,只有月光才会让它感到温暖。在这里,她有睡觉的地方,没有床,只在花台间的地板上铺上几块破烂的麻布。

当我想坐下时,我发现麻布之间又有动静,我迅速跳起身,就像小时候遇见耗子一样。这个移动着的小东西有一张扁平的脸,窄窄的、油腻的眼睛。鼻子不像是鼻子,嘴巴不像是嘴巴。比起硕大的头颅,它的躯体、手脚显得太小了些,只算是柔弱无力的凸包。

"别怕,他叫乌姆。"女人说。

没错,我找对人了,正是她。她让乌姆坐好,给他垫了几个褪色的枕头,从枕头的接缝看,还能隐约瞥见它们昔日的美丽,枕头上如梦似幻的花纹早已消失。她边跟我说话,边给乌姆垫枕头,还把他脸上的唾液擦掉,抚摸着他畸形的脑袋,把他的头扭转过来,让他看着我们。他的眼睛无时无刻不是湿的——她用围裙边给他擦脸。

"我知道。"她终于开口说话了,"她的旅行地图是我做的,我还在上面标了路线。我已经尽力了,谁也拦不住她。"

血液的阵阵热浪击打着我的头部,我眼前一片血红。原来,她早就知道了,但却坐视不理?原来,她知道这件事?亏我还四处打听,寻求支援,她却心安理得,在这儿种菜。

对!我喊起来,朝着这个老女人吼起来!她冷静地看着我,双眼的火苗稍稍熄灭,但眼神仍带着讽刺和挖苦。这个小怪物也盯着我,这个要枕头垫着的、坐着一动不动的世界的主宰,脸蛋湿润的怪胎皇帝。我的叫嚷把其他生物、怪胎、奇美拉①引了出来,它们身体摇摇晃晃、残缺不全,它们擦拭着被花泥弄脏的手,一声不吭,看着我大发雷霆。一看见它们,我的声音就变小了。所以说,这些家伙就是这个女人的同僚!在我的想象中,她是另一番模样——她是善良的、坚强的、有力量的,而事实是,她的窝巢如同梦魇一般,这个藏着一群怪物的老巫婆。芭芭雅嘎②和她的小厮。侏儒人和早产儿,臭奴才,杂种,奇美拉。

她靠近我,触摸我的嘴唇,让我冷静。

"别再吵吵嚷嚷了。"她心平气和地说,"别喊了,你再怎么喊也于事无补。一切都很好。"

---

① 奇美拉:古代希腊神话中的怪兽,拥有狮子的头颅、山羊的身躯和一条蟒蛇组成的尾巴。
② 芭芭雅嘎:斯拉夫民族民间传说及童话故事里长着铁齿的老巫婆,专吃小孩。

她向身边的小怪胎点头示意，后者把篮子放在我面前，这是个由红芦苇编织而成的篮子，但已经破了。她目不转睛地看着我，掀开了盖子。

"我的孩子，你瞧瞧。"她说。

我，妮娜·舒布，我，讲故事的人，存在的人，我不得不往后退，不得不往后退一步。

有一句话，异常强大，像世界、像炮弹一样有力。如咒语一般，如启示一般。一生中仅有一次，能坚定地说出这句话，之后，连自己也会对此产生怀疑，觉得它是谎言、痴心妄想、可笑的挑衅、痴人说梦。篮子的盖子被掀开时，我身不由己地说出了这句话，我往里面看，里面的细节慢慢变得清晰可见，但是双眼却无法理解所见之物。但过了一会儿，我醍醐灌顶，一切都明白了，理解了，抓住了，猜透了，而我所知道的东西，是这么简单与明显，以至于这股强大的力量让我后退了几步。由于震惊，我的脚步颤抖起来。我得倚靠着摆满植物幼苗的桌子，塑料花盆和盆里的小植物也跟着我哆嗦起来。我觉得，周围每一个温室都在颤抖，玻璃温床传来阵阵雷声，犹如天空电闪雷鸣，犹如一架古董飞机冒着狂风暴雨从机场跑道上起飞。

现在，我，妮娜·舒布，我，每一位讲故事的人，一个凡人，失去了话语，同时，也失去了存在的意义。我已经不会讲故事了，我哑口无言，找不到词。如果我不懂如何表达所见所闻，你们还需要我的陪伴吗？还会相信我吗？还会继续和我一同听完这个残缺的故事吗？

这个肚子干瘪的女人用灵巧的双手把篮子合上。我站在篮子前，仍十分震惊，但感觉心头大石已放下。原来如此。我不会再害怕了。宁玛笑了起来，露出牙齿，笑容让她变得年轻。某一刻，她就像一个芦苇般枯槁的小丫头。她拔了一些辣萝卜根送给我，我把泥土拍掉后，啃了起来，嘴巴像被点燃的箭射中似的。她给我递了几片如天鹅绒般娇嫩的绿菜叶。他们把乌姆装进破旧的小车子里，给他垫好枕头，然后我们一起沿着温床散步。她牵头，背上驮着树棍和篓子，小人儿们紧随其后，小车子也紧跟着。她打开培养基的玻璃盖子，种子昨天才刚播下，今天就发芽，甚至长叶了。参天大树却如指甲盖般大小，枝繁叶茂的椴树只有可怜的香菜般高，千年红杉看起来像草梢一般。当某个腿脚不灵的小人儿跟不上我们的步伐时，宁玛就会把他举起来，放到自己髋部上，像驮着一个小婴儿。她力气大，步子快。她抬起手臂，用树棍指了下远处的飞机库。

"我们往那个方向走吧。"她说,"安娜·尹来过我这儿,她还在这些玻璃温室里住过几个月,负责照顾乌姆。她一直问我关于姐姐以及坟墓的事。这儿离城市很远,放眼望去,城市一副无辜的模样,仿佛需要藏在兜里好好保护的小玩具。从远处看,很容易产生错觉,认为一切都更好。她用心灵和姐姐交流,姐姐也有所回应,姐姐在她耳朵里、脑袋里、梦里给她捎话。她们俩就这样聊啊聊,不分昼夜。好几次,天都黑了,她还睁着眼,她那双眼睛能穿透黑夜,把它戳出好几个洞。"

"'我要重新把世界连成一个整体,我要打开坟墓。'她对我说,让我给她一幅地图。"

"我既没阻挠她,也没怂恿她。我只看见,她在温床之间不安地徘徊,抚摸植物的叶尖。我明白,不管怎样,她是一定要去了。"

"你试着制止过她吗?"她问我。

噢对,我知道她想说什么。

"她失算了。"我自言自语,"是你把她推下了深渊。"

"深渊?"她重复我的话,"如果她能活着离开,无论代价有多大,都意味着,她获胜了,她打破了诸父定下的严苛法律。她走了人的路,变得跟人一样,为他们铺平了道路。"

"那万一她出不来呢?"我问道。

她拎起我的手,把我拉过去,她瘦骨嶙峋的手指直指我的心脏:

"你现在就回到上面,去找诸父。你要无所畏惧地站在他们面前。把我现在告诉你的话,一字不漏地转述给他们听。你给我记住了,你告诉他们,如果安娜·尹回不来,我的手指再也不会动弹一下,我浑身再也一动不动,我不再关心任何事。告诉他们,她一朝不回来,这里的任何一颗种子都不会发芽,就算是再小的一盒火柴、再劣质的工具都不会踏出仓库一步。一年四季将会停止,太阳升起到一半就永远熄灭,他们将管理一个空荡荡的世界,他们只会照亮自己。一切都会死亡。所有的工厂都停产,运输系统将停顿。他们的庞大组织将会停摆。他们将会计算空白的表格,把一个个零相加。每一个乐器都变成哑巴,每一个音符都变成聋子,到处都会是一片死寂。我会把所有的词类都破坏掉,搅乱所有的语言。从此不再有词语,没人能够造出一个有意义的句子。他们至多只能无尽地重复'我在'这句无聊的话,但就连它也不能谈论任何话题。电梯既不往上下行驶,也不往两边行驶。车夫不再载客,仆人也不再挪椅子,记账用的纸张终会耗尽,圆珠笔也总会有没墨的一天。电缆干裂,水管干涸,闸口生锈,水会冲破松散的大坝,淹没城市的每一层,空气会把窗户的玻璃打破,钻进办公室里,把一沓沓票据吹乱。土地如果长久没有人耕种,就会开始流失,最终渗入地铁隧道。电流会从插座里窜出来,大火将把图书馆烧成灰烬。所有的合成塑料胶卷都会熊熊燃烧,电话陷入无尽沉默,屏幕上一片雪花。没有人会继续遵守他们的法律,边界也失去了作用,车次表和货币汇率变得模糊。一天内,人们都会离开城市,沦为野人。我说到做到。"

她在说这句话时,眼睛是那么炯炯有神,神采奕奕,完全能确信,她绝不食言。

"妮娜·舒布,你记住了吗?能逐字重复吗?"

"我怎么能忘记呢?"我低声说道,忧心忡忡。

怪异的一行人把我送到老机场边上,小车子的轮子不平衡,哐当作响,在水泥地板上演起二重奏。在我离开这狂风肆虐的空旷之地前,这个女人还为我打开了一个最边上的小温室的门。温室玻璃贴满了黑色箔纸,一进门,一股黏稠、潮湿的空气直冲鼻腔,还能闻到一股泥土和臭氧混合的气味,如同暴雨过境。我的双眼慢慢适应了这里的银光,这牛奶色的月光。

一棵棵小幼苗整齐划一,这是人的幼苗,柔弱、纤细,被一层薄膜紧紧裹住。它们在昏暗的银光里摇曳,宛如黑夜的蘑菇,泛灰、脆弱,它们尚未成型,手臂紧贴着身体,没有舒展开来稚嫩的手。小脑壳搭在细小的脖子上,仍在熟睡。脸蛋还没长出,只见若有若无的轮廓,双目紧闭,眼皮塌到颧骨上。它们还没有思想,更无遗憾,亦无烦恼,但也许已经会做梦了,也许还有些低级的感官,一些内部的生命特征,可表现为简单的生物向性——感知风向、吸收水分、趋光。在它们长大前,没什么需要它们关心的;在成长的时候,也没什么值得它们去看的。也许,它们只能目睹世界如何变大、如何膨胀,尺寸变得越来越大,反衬出人的渺小。成百上千个花床整齐排列,它们的数量成千上万。

"这些小人儿是我用光线、银、水银以及最洁净的矿物质做的。"老女人深情地说,"他们很轻盈,无论在哪,都可以生根发芽。他们很平和,很信赖我,有点像植物,但却不笨。他们自由,但并不会盲目地相互依靠。他们独立,但并不孤独。他们不会自相残杀,也不会把其他生物吃光。我赋予了他们一项可笑的小本能——他们能互帮互助。他们给予他人的越多,自己也会变得越强大。我曾试过给他们组织一些体育比赛,但是总是无法决出谁跑得最快,因为他们会在冲过终点前等待对方。在足球比赛中,他们也十分配合,给彼此的球门送球,他们只想要平局。当他们下棋时,总会提前几步告知对手。"宁玛露出了笑容,脸上泛起温情。"我把他们的种子播到城市之外的废墟和隐蔽处,就这样把他们放在篓子里,穿过城市的边界,把他们放归自由,渐渐地,他们会变得与其他人不一样,他们会懂得更多,他们的城市也会充满欢声笑语,又宽敞又干净,他们会继续前进。"宁玛十分自豪,"你别把这件事告诉诸父,否则他们又得抓狂了。"

我们面对面告别,女人把篓子给我,把它挂在我背上,再束紧带子。

"只需要让他们看见篓子即可,不必打开它。"她边说,边吻了吻我的前额,她的嘴唇温暖、干燥,宛如蜥蜴的皮肤。

十二　威胁

　　归途一切顺利，因为我，妮娜·舒布，安娜·尹的朋友，有美好的信念助我一臂之力。我的内心充满希望，血液加快流动，我感觉脚上像长了羽翼，篓子两旁的背上也长出了羽翼，我的耳朵也化作了羽翼，我的眼皮也像羽翼一样扑动起来。我就是一双羽翼。

　　城市里动荡不安，低层一片混乱。据说，这起叛乱是车夫和脚长着轮子的秩序管理员们发起的。现在街上没人载客，没人打扫，而不久后，就是节庆了！电梯里挤满了乘客，他们都被这起骚乱激怒了，电梯接缝终于因承受不住压力而崩裂开。是时候要恢复往日的秩序了……就因为这个而不能去上班……这太荒唐了……我们缴的税都花在哪儿了……

我马不停蹄地去找会计父亲,一层又一层往上跑。我在脑海里不断回忆着那些威胁的话。我已经牢记每个字了,现在得清清嗓子。正因为如此,我开始感觉,似乎我曾在某个时候捎过同一条消息,重复过它,不是一次,而是很多次——似乎我曾数千次背着篓子,登上顶端,喉咙里这些威胁的话逐渐成熟,如果我再认真想想,我肯定已经知道这段历险的结局。是你太累了吧,妮娜·舒布,我自言自语,踩着一级级弯曲、狭窄的台阶,都怪电梯一直满载。一定是疲惫和压力在作祟,大脑放大了外在的刺激,导致计算失误。

这一回,我进门前不再询问,不再等待呼唤。该由我来决定谈判条件了——我不敲门,没人禀报我的来访。用人们惊慌失措,退到门的两侧。

"咋啦,你又来啦?"年纪最大的父亲惊讶地问道,手里的独眼铅笔盯着我,它也露出了诧异的目光。"我不是告诉过你了嘛……"会计开始说话。

我不打算听他唠叨了。我感受到了一阵快感——把威胁的话语完整地复述一遍,这是一种走完最后一步的快感,仿佛我才是念出诅咒的人,我的声音能唤醒沉睡的火山,我的歌声能撼动大地。我在这份阴沉的祷文中找到了快感,就像哀鸣时,撒灰烬时,品尝丧宴菜肴时的快感。我歌唱出她的名字:

安娜·尹、尹·安娜,伊南娜①,伊南娜伊南娜。

"你不要唱哀歌了。"他眉头紧锁,露出厌恶之情。这时,我转过身,让他看我背着的篓子,他顿时哑口无言,瞳孔放大,眼神游离。他陷入了沉思,在内心深处寻找帮助,也许他已经知道,我会告诉他什么了。

"你怎么会有这玩意儿?"他明知故问。

我说道:

"她说,如果安娜·尹回不来,她就不会继续工作。任何一颗种子都不会发芽,就算是再小的一盒火柴、再劣质的工具都不会踏出仓库一步。你们将管理一个空荡荡的世界,你们只会照亮自己。一切都会死亡。她让我告诉你们。所有的工厂都停产,运输系统将停顿。你们的庞大组织将会停摆。你们将会计算空白的表格,把一个个零相加。每一个乐器都变成哑巴,每一个音符都变成聋子,到处都会是一片死寂。从此不再有词语,没人能够造出一个有意义的句子。你们至多只能无尽地重复着'我在'这句无聊的话。电梯既不往上下行驶,也不往两边行驶。车夫不再载客,仆人也不再挪椅子,记账用的纸张终会耗尽,圆珠笔也总会有没墨的一天。电缆干

---

① 尹·安娜原文为 In Anna,伊南娜原文为 Inanna,伊南娜是 In Anna 连读后的音译。——编辑注

裂,水管干涸,闸口生锈,水会冲破松散的大坝,淹没城市的每一层,空气会把窗户的玻璃打破,钻进办公室里,把一沓沓票据吹乱。土地如果长久没有人耕种,就会开始流失,最终渗入地铁隧道。电流会从插座里窜出来,大火将把图书馆烧成灰烬。所有的合成塑料胶卷都会熊熊燃烧,电话陷入无尽沉默,屏幕上一片雪花。没有人会继续遵守你们的法律,边界也失去了作用,车次表和货币汇率变得模糊。一天内,人们都会离开城市,沦为野人。"说罢,一阵快感涌上心头,我的声音显得更洪亮,脑袋一直在摇晃,我甚至能感觉到,会计在一直往后退,活像淋上柠檬汁后收缩的鲜牡蛎。

"哦?哦?真的吗?"他重复着,一副窘态。

眼见他若有所思地捋着自己精心打理的、编成数千个小辫子的胡须,擦了擦脸颊。他盯着自己的手掌,仿佛这辈子头一回发现它们的存在。高贵的额头直冒汗珠,他赶紧用袖子擦拭。

"好热啊。"他仍嘴硬,"她是这样说的?"年纪最大的父亲想确认自己没听错,"岂有此理。"他还在自欺欺人。他随即陷入了长时间的沉默;我像根棍子一样,站在他面前。

"妮娜·舒布啊,你看,其实你刚才走得太匆忙了,也许还有斡旋的空间呢。如果再仔细想想,也不是没有其他选择。

有时候，我也会忘了，自己究竟有多少能耐，这次就当是买个教训吧。难道我不是无所不能的吗？真是奇怪，我竟能把这都给忘了。我拥有绝对的记忆。"他自诩道，"我记得每一只动物体内细胞的数量，每一条染色体的作用，每一个基因的使命，我还知道四大基本法则是怎么运作的：首先，各取四种元素；第二，用手指揉捏它们；第三，把纬线抽出来；最后，再编织。十分简单。"

他敲着键盘，气喘吁吁。他从老旧的抽屉里取出几张城市地图，似乎在寻找秘密通道。

"她是这样说的？岂有此理……"他嘟囔着。

我坐在小板凳上，眼皮直打架，头垂到胸脯上，差点睡着，我实在太累了，但门那边传来的声响，让我恢复了意识——另外两位父亲也过来了，一大班仆人推着平板车，上面端坐着两座巨大的身躯，往我们这边缓缓移动。甚至得把一扇门从铰链上拆下来，把家具搬到一边，才容得下他们。他们仨一同商量，效率更高。

"必须得派某种东西进去，才能说服这个……**另一边**。"语法学家如是说，避免直呼其名。

"这某种东西或者某个人不能是活着的，否则他的命运将如凡人一般悲惨。但他得开始行动了。"

"机器。"会计明白了。他用拳头捶击桌面,以至于玻璃墙颤动起来。"让我造一个狡猾的机器吧。"

他担心可能没有材料,于是他开始翻箱倒柜,甚至翻遍了垃圾篓,终于在抽屉里找到一些边角料,一些断头的钉子、回形针、电线、干油漆渣、金属片和铁锈。他虽年事已高,但手指仍相当灵巧,动作敏捷。他把所有材料捏成黑色小圆球,指尖一碰,这些圆球便变成扭动的小身体,轻飘飘的灰尘被指尖压缩后,变成了纤薄的瓣状薄膜。语法学家用灵巧的舌尖把薄膜粘到小身体上,没一会儿工夫,两者就长到一起了,它们移动得飞快,一开始可以听见断断续续、起伏不定的嗡嗡声,几次试飞失败后,就十分流畅了;最厉害的微型引擎。它们看着像苍蝇。就是苍蝇。他在造苍蝇!它们已经会停在他手上,在他头上绕圈了。

我诧异万分,坐了下来。

"一点水和矿物质,没啥大不了的。"会计卖弄起来,"它们既非活物,也非死物。因此可以进到坟墓里去,钻过空隙,通过七道大门的钥匙孔,不费吹灰之力。奈迪不会有所察觉的。但是你们得记住啊,那里面的食物、饮料,可是千万不能碰的。"他竖起手指,以示警告。"你们的存在,应该像半速前进的机车头一样。你们不能像活物一样,不惜一切地放纵自我。"他再三叮嘱。

其实,能够半速前进,它们就很开心了。即使是三分之一,甚至四分之一的速度,它们同样心满意足。它们嗡嗡几声,表示遵命。存在总比不存在好——这毫无疑问。

显然,会计能理解它们的语言,忽然加了一句:

"对你们而言,不完美才是最好的。世界上只有两种物质能复活安娜·尹、尹·安娜:尘与水。"说罢,他怪自己多嘴,一不小心说漏了。

他半信半疑地看着我,妮娜·舒布,看着推车的仆人,开始窃窃私语,似乎只有他一个听众。他在和拟生苍蝇说着话呢。

十三　苍蝇

我可怜的主人，我亲爱的领主，现在躺在人皮沙发上，头发乱成一团，好几天没梳理过，她的头发缄默了。拜之前那件破事所赐，她落得一身病。我，奈迪，毛线裹着的白骨堆，我是每一位讲故事的人，不敢接近她一尺。我不知道到底发生了什么，我理解不了。她的身子变弱了，思绪也总是固执地回归到同一点上，因为在那里，她看见自己，看见自己像冰一样逐渐融化的躯体——直渗地底。既然硬币的鹰已经死了，那么字也大限将至。就算她见到肚子里塞满干草、合成海绵的，或是最近才封存在有机玻璃里的前夫，也不能抖擞起精神来。就连与蜘蛛玩耍，与蠼螋游戏，或是一只手把它们压扁，也于事无补。我真的无能为力了。

我们还从地下深渊处请了几位最好的大夫，组织了一次专家会诊。这些大夫突然恢复了活力，但仍有些意识模糊。他们从记忆深处挖掘出尘封已久的诊断经验，为她把脉、看瞳孔，但由于她戴了墨镜，所以看不太清。他们称，她的半个肝脏已经停止运作了，心脏也跳慢了半拍，只有半个胃能消化，一叶肺能呼吸。无药可救。

而她痛苦地号叫着，捂住肚子，揉着因痛楚而抽搐的大腿和手臂。

"就没人能帮帮我吗?!"她怒吼道。

我该怎么办呢，我亲爱的领主，要怎么帮你呢？我端上茶，用死鸟的翅膀扇风。但我还是为自己的无能为力感到内疚，感到虚弱。我还注意到，法官们恨不得赶紧去度假，有多远躲多远，免得也染上疾病。近来，这里发生太多事情了。他们躲在角落里，不肯出来。如果我从一开始就没见过那个白皙、干燥的女人，如果我从未给她开过门，如果我的眼睛再瞎点，那就好了。这里是地下，视觉是无用的奢侈品，在这暗黑世界里，要眼睛来干什么。这里的每个角落，我早已熟记于心，就算只凭触觉，我一样能过得好好的，我光靠指尖，就能感觉到新一天的降临。她来的那天，我本可以转身就跑，本可以用木梁顶住大门，用石头把入口堵住的。

"我疼,浑身疼。"我的主人唉声叹气,我给她递茶,她却把茶杯弄翻。我勒紧了一下我的羊毛线。

苍蝇。这下好了,我还得替她赶苍蝇。哪儿来的苍蝇?我逮住了一只,但是当我仔细观察它时,发现它像是某种地下变种,并非普通的苍蝇。我这辈子还没在这里见过苍蝇。苍蝇围着主人打转,还停在她的脸颊、眼皮和肩膀上。我尽力把它们赶跑,我找了一条在死亡狂热中遗失的尾巴,做成掸子,在她的脸上方挥舞着。但莫名其妙的是,她反倒对我抱怨起来:

"奈迪,别管它们!它们让我放松。"

放松?这是怎么回事?难道是由于它们用腿抚摸她的脖子和眼皮?它们舒缓的嗡嗡声?我给她扇风,用地衣给她泡茶,我的体贴与关切,都不能让她放松,反而这些苍蝇得到了她的夸赞。她的脸上爬满苍蝇,它们在吮吸她眼角流出的泪水,在她发丝里嬉戏打闹。她的脸上长满了会移动的黑痣。它们就像一张颤动的厚羊毛毯子,盖住我主人冰冷的身体。她的呻吟不再那么惨烈,法官们从桌底和角落里探出头来,舔着自己麻木的爪子。我则重新开始做针线活。太难以置信了,太不可思议了——使她安定下来的,竟是这些苍蝇。不是我这个老奴仆,也不是忠诚的守门犬,而是四处流浪的苍蝇。

但它们为什么会出现在这里？

就连我的主人，我的好领主也感到奇怪，她坐起身来，背下垫着塞满死人头发的枕头，手臂放在人骨沙发扶手上。

"这是什么？你们是谁？你们为什么要给我唱挽歌？"她说，"当我难受时，大家应该开心才对呀，他们都恨不得我在无尽的痛苦中死去，如果我还有可能死去的话。"

她看着我，我在她的眼神里察觉出责备。我大惊失色，穿错了线，被毛衣针戳到手。

"其实我自己也很想死，如果有这种可能性就好了。"她悄悄地说。听到她这番话，我浑身打了个冷战，毕竟她是死不掉的。

她在沙发上坐下，兴趣盎然，神色好转了许多。

"小鬼怪，好苍蝇，你们是谁？奈迪，给它们点吃的，好好伺候下我们的客人。"

我不甘心地拖着脚步，我的工作可不是伺候这些虫子。幸好这些客人婉拒了，它们并不想吃东西。

"那给它们上点葡萄酒，要拿醇厚的、深红色的。"我的领主吩咐道。

但它们也不想喝东西。

从来没有人碰过我的主人、我的好领主,没人抚摸过她的脸颊,没人戏弄过她的睫毛,没人给她的嘴唇挠过痒痒。大家都怕她。没人敢正视她的双眼,她的瞳孔也没有反射能力,因此她用深色镜片遮住它们。她的前夫们呢?他们也总是担惊受怕,不敢正眼瞧她一下。而现在,在她呻吟的时候,这些流浪的苍蝇会安慰她。当她说:"我疼。"苍蝇就会嗡嗡地叫,仿佛在说:"你疼,你疼。"当她唉声叹气地说:"我受不了了。"它们也会附和:"是啊,这太难以忍受了。太难以忍受了。"没了,就这样,这不是什么秘密。当她因痛苦和愤怒而啜泣时,它们也会哭哭啼啼:生活在地底的可怜虫啊!你太痛苦了!实在太痛苦了!

我,奈迪,我是被毛线裹着的白骨堆,我是每一位讲故事的人,我可不傻。虽然说我的眼睛看不见世界上的大多数东西,虽然我年轻的时候没有泡过图书馆,但是,这究竟是怎么一回事,我清楚得很。我曾听说过那个词,那个词被遗留在这里,某个人,应该是个已死之人,胆怯地说出了那个词——"怜悯"。他恳求怜悯。但神们不懂得怜悯为何物。他们懂得世上其他所有情感,但不包括怜悯。要去怜悯别人,自己也得有软弱的时候,经历苦难的时候;得跌倒过,得摔过跟头,得哭过。这也许不算过分吧——去感受自身的痛苦,承受自己的身体、自己唯一的身体的重担,这具躯体如同一次性塑料杯,用完之后,就会被扔到垃圾桶里。还需知道,牙齿掉了,就再也不会长回来。需了解骨头的真相——骨头总有一天会疼的,这不可避免。这我是知道的,但我从来都没有想过,她的骨头也会疼。

我的主人落泪了。

今天不进行罪行宣判,今天死亡的人改期开审。让他们先回到各自仍躺在医院解剖桌上的垂死之身里,回到车轮下,让他们挣脱悬空的绳索,让他们半路折返。现在给你们点时间来纠正错误,整理抽屉,把没来得及道的歉给道了,把没来得及付的账单给付了。你们今天就先回家,我们明天再来找你们。因为,我的主人,我伟大的主人,她在哭泣。正是她,她的目光可以把人变成石头,她的尖叫可以让大地蒙上冰霜,她脖子上的项链是骷髅头串成的,她戴的耳环是胫骨打磨而成的,她的脚印能留在坚硬的岩石上,她永不知足,从不睡觉。在她面前,每一小束光线都吓得夹紧尾巴。她在哭。多希望我那天眼睛瞎了,多希望我腿瘸了站不起来,多希望我的毛衣线全断了,然后我的骨头全都散落在地。我跪在她身旁,抚摸着她的脚。

这是陷阱,我就知道。这些苍蝇要的是那具女尸。它们在她耳边嗡嗡叫:

"我们想要挂在钩子上的尸体,把她给我们吧。"它们说,"我们喜欢这具死尸,这个腐烂了的女子。我们想要它。"

"奈迪,把尸体给它们吧。"我的主人说,"据说苍蝇最爱吃腐肉了。"她托起眼镜,擦了擦眼睛:"把尸体给它们吧。"

不可思议,太不可思议了,我心想着,但不敢反对。我的主人先是下令放她进来,现在又让我把她的尸体拱手相让。这是陷阱呀。

安娜·尹、尹·安娜。安娜·尹的尸体被从钩子上取下来,扔到地上——惨不忍睹。我的主人不许我把尸体移走,它便晾在这儿三天。尸体青紫、僵硬,脸不像脸,像苍白的面具,原来的一头秀发,如今失去光泽——变成了哑光、发毛的缰绳,绑成小辫子的一团麻绳。指甲发黑,肤色如灰烬。就连大眼狗也不忍直视,要知道,它们可是什么都见过的。

苍蝇落在这张殒亡的脸上,两个小黑点,用腿掸着殒亡眼皮上的尘埃,爪子的茸毛上还沾着我的主人、我的领主的黑眼泪;它们一丝不苟,仿佛在给安娜·尹抹玫瑰精油,涂最昂贵的香膏,其精华能让时间倒退,使其皮肤恢复昔日的紧致光滑、淡淡红晕，仿佛是最新的逆龄驻颜术，它们投入全部的爱来做着这些事情，它们渺小的、虫子般的、不真实的躯体里竟能容得进这般感情。

突然，安娜·尹眨了眨眼，她的身体也颤抖了一下。

不可思议，太不可思议了，我压住自己的嗓音，我，奈迪，大门的守卫。我躲在湿漉漉的柱子后，探出头来，嘴里含着毛衣针。我越看，越不敢相信自己的双眼！我竟会亲眼看见这样的奇迹——死者复生。爪子长蹼的狗赶紧躲到阴影深处，紧紧抱作一团，感到十分恐惧，目不转睛地看着这一切，同时不安地窥视着主人。还能这样？她竟容许最严苛的律法被打破？谁该承担后果？要怎么在死亡账本里登记——谁是债方，谁又是贷方？

我宁愿这件可怕的事情从未发生过，这样对大家都好，很难说，这是不是一切可能发生的事情里最坏的一件。能回到过去该多好，我能讲述她死亡的故事。"苍白""陨落""摔倒""窒息"，对我而言，这些词更简单。哪个词能表达她走回头路，在时间里逆行？哪个词能表达她的肺忽然开始呼吸，第一口深呼吸便吓人一跳？她的胸部突然有了起伏，皮肤下开始抽动，手指微微颤抖。这个东西，这个生命，是从哪儿冒出来的？在此之前，它又跑到哪儿去了？

安娜·尹、伊南娜，她的尸体，中间抬起来，由四肢支撑着，犹如一只动物，她的眼睛空洞，脸部皮肤下垂，面无表情。她还站不稳，吃力地朝着法官狗走了几步，而它们急忙躲到墙角、石头后，它们亲眼所见的东西，绝无仅有，看一眼，便永不遗忘。它们肯定会细致入微地记载这一则福音。甚至连她的姐姐也退避三舍，现在可以注意到，她们俩的相貌惊人相似。对，她们就是一个模子刻出来的。

太惨了，安娜·尹全身皮肤松弛下垂，肘部和肩膀的皮肤因磨损而裂开，可以窥见灰色的骨头。她的脸近乎乌黑，十分肿胀，她的乳房曾像她的情人种的苹果一样挺拔，如今看起来像烂掉的水果。

苍蝇围着她的头打转——仿佛她头戴光环，苍蝇还爬进了她的眼睛。

"站起来，安娜·尹；站起来，伊南娜。"

她吃力地站起身来，左摇右摆，浑身没劲。想一下子从死神手里夺回每一块生命的碎片，并没那么简单，死神牢牢抓住它们，这是一场拔河比赛，死神使劲把缰绳扯向自己。但是伊南娜愈发有力，每一次呼吸都让她充满力量。当她张开眼睛时，她眼睛的颜色宛如灰烬，浑浊且模糊，她之前待的地方的某种东西蒙蔽了她的双眼；她的眼睛是刚被抛上沙滩的水母。

我，奈迪，我是每一位讲故事的人，我心头揪紧，给她递了一块湿漉漉的麻布，帮她裹上身子。我不知道为什么我要这样做。也许我也染上了这种怪病——怜悯病。

消息传遍整个墓界，像流水一样渗过厚厚的墙壁，涓涓细流落到每一层，墓界在震颤，四处怨声载道，死者的拳头捶打着墙壁，这是要造反的阵势。化作枯骨的手指摸索着门闩与门锁，试图化作钥匙。

"你可不能放了她。"狗用硕大的眼睛盯着主人，这些眼睛什么都见过，"你可不能违反律法。如果她复苏了，那么所有人都会效仿她，城市将会充斥着无数亡灵，直至被淹没。他们会流浪街头，拥入地铁站，闯进影院，在公园和广场上风餐露宿。而且，还活着的人再也不想死去，他们都会挣脱逃跑，不愿再缠绵病榻，他们会揭开尸棺，会从太平间里溜走，在架子上顺走某件能穿的外套，来遮蔽裸露的骨头，在喷泉池里沐浴，污染池水，他们还会请愿让议会给死者设立专门税款。这样才公平，凭什么只有活人才能享受生活，死者却不能，这意味着要对所有的宪法和人权做出修正。我们不容许你这样做!"

我主人漆黑的脸庞露出让人难以捉摸的神情。她的嘴唇发黑。死而复生的画面在左右两块墨镜片上反射了两次。恐惧的气氛不断扩散着,城市的根基在颤动。

"不!"伊南娜的姐姐发出一声尖叫,世界另一边的主人,"停!停下来!我撤回刚刚的话。"

但是,伊南娜已经站在她面前,虽然还站不稳,但已经算活过来了。为时已晚。

"你不能离开这里,我改变主意了。"我的主人呵斥道。

苍蝇们,这些人造的生物,悬浮在半空中,围着伊南娜的头。它们齐声抗议。

我能猜到它们要说的话:我们给尸体抹上你的眼泪,尸体便复活了。我们还用尘埃给尸体擦身子,于是它复活了。你不能食言。不能死两次。

"那让她找个替死鬼吧。"我的主人沉默许久后,如是说。她的眼泪已经干涸。当伊南娜站起身后,我的主人已经看起来没有那么痛苦了。"你必须找人来代替你。"她知道,这不可能做到。没人愿意当替死鬼。我发现,她的脸庞再次因怒火中烧而扭曲,她变回了我熟悉的那个主人;我终于可以松一口气了。她从沙发床站起身来，靠近妹妹，她见证了妹妹皮下的脉搏如何再次顽强地跃动起来。她的墨镜片细致观察着妹妹的脸庞。我的主人其实心里已经有了人选。实际上，她已经用无声的语言，把这个人的名字说了出来。"复活之后，是逃不掉惩罚的，而且代价不菲。"

"不。"安娜·尹虚弱地回应道，这是她说的第一个字。"不，这个人不行。我会给你找很多心甘情愿到这儿来的人，你可以慢慢挑。他们争破头想进入你的大门。我的情人们、我的朋友们、理发师们、按摩师们，我朋友多，他们都爱我。"

"你真的这样想？"我的主人并不信任她，因为根据她多年来的经验，每个被传唤到她面前的人，都是这样子做自我介绍的：我很善良，我很受爱戴，我像泪水一般一清二白。"我就想要这个人！"

伊南娜现在终于站稳了脚跟。

"不，他不行。"她仍在顽抗，"所有人都可以，但他不行。"

"我给你派些随从，跟着你上去，替你看住替死鬼，收回释放你的赎金。"

我的手边开锁，边不停地颤抖，袖子里的骨头咔哧直响。

不可思议，太不可思议了，我情愿自己没有等到这一刻，情愿从来没看见过你,情愿把你的甜言蜜语当耳边风:"让我进去,求你了。"我模仿伊南娜的嗓音。可爱的姑娘,愚蠢的白痴。门的另一边传来了梆梆的敲门声。他们争先恐后,拥向大门,把我吓了一跳。伊南娜身后的这些人会一直伴随她左右。他们会紧盯她的去向,形影相随,寸步不离,不给她任何逃跑的机会,直到她找到替死鬼。但是能找到吗?

希望她找不到吧,希望她再次回到这里时,仍是垂头丧气、形单影只,希望她不再像城市人一样趾高气扬。这样,我们会把她浸泡在融化的塑料里,每晚都听着液滴的声音,欣赏她那楚楚可怜、光滑细腻的美貌。

十四　出墓界

钥匙哐啷撞击的声音响彻地牢，四处开始传来捶门的怒吼和呻吟。门咔嚓一声被打开，这一行人兴高采烈，嘻嘻哈哈，兴奋的低声细语夹杂着咚咚的脚步声：快走，快走。

我是世界坟墓——最大的亡者博物馆的馆长。博物馆深居地底。我们的藏品包括了各式各样的惨剧、罪过、灾难、恶意、沉沦、梦魇和恐惧。疾病和畸形。我们把各种奇形怪状的人体保存在福尔马林溶液里。我们还专门准备了模特走秀台，邀请那些人类恶魔，即为一种思想着魔的人、冲动行事的人、被蒙蔽了双眼的人上台展示，同台的还有那些愚蠢、粗心、恶毒、贪婪、嫉妒心强的恶魔，以及那些自私自利、寻欢作乐、好逸恶劳、谎言连篇、坑蒙拐骗的人。少不了荒淫无度、走火入魔、豺狐之心、独断专行、冥顽不灵的人。这里的展品琳琅满目，可惜就是缺游客。

我，奈迪，我是每一位讲故事的人，我逐一开放了所有楼层，是的，这一切真让人赏心悦目，来来来，别客气，把这些深藏已久的东西都释放了吧，别再遵守监狱的繁文缛节了，让我们一起出尔反尔、颠倒黑白、指鹿为马吧。别客气，该混乱就混乱吧，一道门，两道门，让上下颠倒、左右对调、黑白混淆吧。

伊南娜走在前面，不幸的混乱之主，风中摇曳的芦苇，煽风点火者。她步伐迟疑，不像一位女神，也不像一位女士，而像个奇迹般骗过狱警，成功脱身的女囚。她的手柔弱无力，扶着潮湿的墙壁。

我打开门，释放了第一群急不可待的恶魔，他们会成为她的随从。这群恶魔并不危险，反倒长着一副可怜兮兮的模样，十分烦人、聒噪，衣衫褴褛，浑身湿漉漉的。他们互相斗嘴皮子，用手肘蹭着彼此。他们大声叫嚷，像狗一样互相嘶吼。走快点！他们叫嚷着。往前走！他们一看见伊南娜，就浑身哆嗦，十分恐惧，即使他们在死亡时对一切早已司空见惯。他们开始踟蹰，放慢脚步，堵住出口。他们一群人一声不吭，纷纷让道,让伊南娜走在前面,而自己紧随其后。我手执马鞭,它具有弹性,力道很大,抽起人来呼呼作响。

我用这条鞭子把伊南娜的裙子从水里打捞上来,就是那条绣着小狮子的裙子,但现在看起来更像一块洗碗布。对,不要客气,穿上它,穿上它吧,既然你快要出去了!恶魔们抓着裙摆,牵着伊南娜的手;他们自己也不知道该往何处去。他们拖着脚步,拽着身子,跟在她身后,嘴巴张得老大,跟随着内心的声音。

在下一个出口,另一群亡灵在守候着。他们有深渊般的巨胃,永远饥肠辘辘,早已迫不及待。他们个子矮小,像侏儒一般,且其貌不扬。可以说,他们长得和小精灵无异,但是体内拥有巨大的空洞无物的空间——宽敞的广场、巨型飞机库,里面空旷无垠。饥饿,是很可怕的事情;有时候,能听到底下传来的声音,狂吼声。那时候,我会犯恻隐之心,偷偷给他们捎些庭审剩下的食物——废报纸、抹布、碎屑、人落下的垃圾。这些能顶肚子。尘埃、纸屑、脏水、沙砾。他们用膝盖压一压这些东西,就使劲往肚子里塞。他们的肚子,就像大行李箱,深不见底。他们的眼睛还很大。为什么?为了更好地看东西。他们的耳朵也很大,为了更好地听东西。那为何嘴巴也这般巨大?为了吞东西。他们无时无刻不在吞咽,掉进嘴里的东西，一下子飞过他们的身子，留下越来越大的空洞，他们永远饥饿难耐。他们摸索着每一块石头，用舌头舔楼梯扶手，嘴里还咀嚼着铁锈，甚至同伴彼此相见时，也馋得口水直流。没有什么是他们不想吞下去的，因此同类相食亦不足为奇。他们现在也加入我们的温馨大家庭中，跟在伊南娜的身后，嘴里吧唧吧唧，他们馋得要死。我挥着鞭子，不让他们扑过来，他们开始舔墙壁，有的还小口啃咬我的毛衣。

现在，我可以把地图和指南针还给伊南娜了，虽然它们似乎已经不管用了。她把地图的玻璃擦干净后，显示出产品商标，这是一个掌管准确时间和地点的小神像。地图又可以用了，显示了通往出口的路线。

下一道门需要匍匐穿过，它的高度像是为猫设计的，在门的两侧有多列四人纵队随时待命，他们一声不吭、严守纪律。我可不会去招惹他们。他们微微驼背，驮着背包，鞋子很耐磨，跋山涉水不在话下，他们的腿瘦骨嶙峋，脸则像融化的蜡——嘴角一直下垂——这是悲伤。从他们身上传来一股霉味，是食物严重腐烂、发霉的恶臭。我有时会觉得他们是一座人堆成的垃圾山，每一段回忆都是塑料制品，在千年后才会被分解。他们在潮湿的石头上提心吊胆地行走，被绊倒时，他们会互相搀扶，因为他们知道，失去是多么痛苦。他们中的某人已经把消息传开了——听说他们要去取回曾属于自己的东西。

水流噼里啪啦,拍打着几百条腿,回声荡漾。我,奈迪,我是每一位讲故事的人,又打开了一扇门。这里的人曾想骗我们,以免于丧命。我们呢,则以其人之道还治其人之身,哄他们说我们墓界愿意给他们提供一个暂时的栖身之处,我们甚至还说,他们想在我们的客房里待多久都行。大床房含早餐。① 但事实是,我们偷偷把大门的钥匙藏了起来。所以,他们现在还挤在门边,身着城市午后漫步的休闲服,他们私下抱怨,这趟旅程是旅行社安排的,但已经很久没安排活动了。浅色且有点潮湿的外套,草帽有点发霉,夏日无袖镂空蕾丝短裙,已经脱发的假发。音乐会门票早已售罄,因音乐人也早已去世。餐厅里被预定了桌子,虽然现在餐厅已成了干洗店。他们既不喜欢这位导游,也不喜欢她生锈的背心——唉,现代人的潮流!——也不喜欢她的妆容,她既不漂亮,也不年轻,实际上,她是一具行尸走肉,但这又怎样呢?既然他们要一块儿走,既然是因为她大门才能敞开,那么又何尝不可呢?即便

---

① 原文为英文。

是下地狱，也心甘情愿。

伊南娜一直往前走，对身后愁眉苦脸的扈从毫不在意，甚至头也不回一下，她浅色的瞳孔在黑暗中闪闪发亮。我把那些珠宝首饰都还给她，甚至连这些珠宝都黯淡无光，像从海里打捞上来的沙砾，在潮湿的环境里，红宝石锋利的边缘被磨平。熄灭了。

这是下一批人。他们每个人单独地站着，已经准备好上路。他们每个人之间隔得老远，也不互相交流，但是他们这样也能互相理解。潮湿使他们的脑子变薄，水使他们的语言变得迟钝。他们接连被卷入人群中，但他们并不喜欢人群，人群使他们慌张，因为里面蕴含着过多生机。他们边走，边不情愿地并入到其他人的行列里，双腿咕噜咕噜地划水。

还有一小段路而已，奈迪，一团骨头，我对自己说道。很快，这里就会重获安宁，你会摆脱所有的烦恼与困惑。让在下一道门旁等候的不幸的人儿也加入我们吧。他们的人数还满多的。他们完全是自愿到坟墓里来的，也没人强迫他们待在这儿，其实完全没有必要，因为他们生于最高层，那里可谓伊甸园，生活一向都很富足，有新鲜的空气，有水，有浴室，有桑拿房，还有冬季花园。最重要的是，那里有阳光。但即便如此，他们也老是闷闷不乐。直至来到这儿，他们才觉得满足，因为他们终于找到了不开心的原因——毕竟苍穹之下，找不到比墓界还更糟糕的地方。他们倒乐意跟着伊南娜出去，但只是出于报复心理，为了确认他们此前做的决定是正确的，并重新看看这个管理不善的城市世界，即便发现那里原来还有纯良的东西，也很容易使它败坏。他们步履蹒跚，挤入人群中，融入其他人沙沙的脚步声、七嘴八舌的说话声和叫喊声中。

　　伊南娜，看，这是你的戒指，你的帽子，把这些垃圾拎走吧，都是你的。我掏出第一道大门的钥匙，毛衣袖子太长，我差点被绊倒，我把新加入的人群推到路两旁，谣言使他们兴奋，集聚在一起，以加入我们。他们兴致勃勃地交换着最新的消息——有人进来以后，还能出去的。但是去哪儿，为了什么，就没人知道了。他们听说是某个女人——还是男人——为了某样东西到这儿来，但是具体为了什么，她最终是否如愿以偿，就没人知道了，但这都不重要。她死了，又复活了，但也可能是反过来——这还说得通。怎么可能——"死了，又复活？"这是听谁说的？这个人又是谁？被杀了吗，还是自然死亡？也许这人根本就没死，只是大家的猜测罢了，也许只是移居到另一个城市，还在那儿结婚生子。大家议论纷纷。人要么死,要么活,如果死了,就不可能还活着,他们在大门前激昂地演说。逻辑和统计学可以证明这个!他们中的某个人气愤地叫嚣着,但是他的声音很快就淹没在反感的嘘声中。这时,某个人在远处大喊:来了,他们来了!听罢,他们中断进行到一半的逻辑推理,兴高采烈地并入行进的队伍中,急切地小步前行,耐心等待,直到吱呀一声,地下锁着的大门被打开了。

光线迅即扇了他们一耳光,我躲到门后阴影下。使命已完成。大门合页处在摇晃、呻吟。不能离开的人,在悲恸地吼叫。如果把地底的阴影一瞬间全释放出来,那么世界就会像腐朽的舞台一样瞬间崩塌。

十五 谈判的艺术

我在墓界大门前等待她,在监狱的大门前,像她的行李箱一样忠心耿耿,尽管疲惫,但也很幸福,我,妮娜·舒布,宁舒布①。但我也很害怕——谁会代替她去坟墓呢?她乍醒的手会指向谁呢?甚至连行李箱也害怕起来,虽然它的恐惧是无谓的,物品不是这场交易的对象。在这场交易中,只有活着的、自由的,鲜红的血液在温暖的身体里流淌的人才够资格。得多少物品才能抵得上一个死去的神啊?堆积成山的鞋子,如煤堆一样高的眼镜,数吨重的黄金婚戒,金假牙堆成的山丘,百万吨重的象牙,能绕地球一圈的墓碑。需要多少宇宙中

---

① 妮娜·舒布原文为 Nina Szubur,宁舒布原文为 Ninszubur,即 Nina Szubur 连读后的音译。——编辑注

可见的和不可见的物质？每一颗星星，每一个太阳，成百上千个银河系。那人呢？需要多少人，才能把神从死亡中拯救出来，让死了的神复活？一百个？或是几十万个？又或是六百万个？两千万个？或者需要所有的逝者，所有现在的生者，以及所有未来的生者。在天平上，神的身体该有多重啊？

如果她打我的主意——那么，我，宁舒布，她的朋友，我，每一位讲故事的人，该怎么办？当她的眼神如灰烬般灼烧我，如刺针般穿透我时，当他们把我逼上绝路时，我该怎么办？我会不会愿意走同样的路，到地下去，每经过一道门，就摘下自己的戒指，脱下昂贵的裙子、蜥蜴皮做的鞋子，卸掉妆容？如果她真的打我的主意，我该怎么办？

我在这里，我在监狱的门前等待着，拖着一个精疲力竭、渴望得到她的爱抚的行李箱。一起等待的还有一群车夫，他们站在两旁，留出过道，还有办公室助理、双臂化作扫帚的清洁工。我听见大门另一侧熙熙攘攘的人群，接着门闩吱呀一声被打开，守卫奈迪的白骨手掌一闪而过，他的毛衣袖子都脱线了。

铁门完全敞开，人群逐渐安静下来，显然是刺眼的阳光使他们窒息,使他们在两个世界的交界处踌躇不前。某个身影从昏暗的缝隙里浮现出来——她站在那里,灰色的脸庞朝向天空,迎接太阳的光斑,仿佛是一个瞎子。一看见她,我的心突然紧绷。我投进她的怀抱,温柔地抚摸着她脏兮兮的裙子,裙子掉线的接缝口。我抚摸着她赤裸的、湿漉漉的脚,还有她的肩膀,多处皲裂的皮肤。冰封的女王,浑身青紫色。她抚摸我的头发,亲吻我的嘴唇,但这让我毛骨悚然,因为吻我的,也不是那张熟悉的嘴巴。她纤细的辫子变成了肮脏的麻辫,帽子沾满了烂泥巴,裙子皱巴巴的,还破了很多个洞。项链哑光黯淡,歪斜地搭在她干瘪的乳房上。她的肋骨如同死神魔爪留下的抓痕,被抓的地方,就在心脏旁。在她身后,在伊南娜身后,人群发出阵阵嘘声,突如其来的光线,刺痛了早已适应了无尽黑暗的眼睛。他们用苍白的手遮挡脸庞。在阳光下,死者与生者面对面,用目光打量着对方。奈迪看着我。

"噢!"他喊了一声,十分满意,因为马上就可以解决混乱,恢复秩序了,"我们不要浪费时间去寻找了。这儿就有一个替死鬼。你们抓走这个女人吧,我们打道回府。"他用手指着我。

但是,她把我抱得更紧了,把我的头埋到她的肋骨处,直到我感觉到她的呼吸——这是一股发霉、污垢、潮湿、淤泥的混合气味。

"不。"她说,"这是我的使者,我的朋友,宁舒布。奈迪,你别想碰她。你,还有那些人,想都别想。"

她牵起我的手,她的手冰冷且有力。我的伊南娜啊,你怎么变成这样了?他们对你做了什么?我必须得扶着你才行,现在的你太虚弱了,曾经的你可是像碑石一样强健的呀。现在的你拖着腿走路,曾经的你健步如飞。你必须得倚靠着我才行,你把头垫在我的肩膀上吧。我带你回家,我美丽的伊南娜,我给你东西吃,帮你沐浴身子。我们走吧,走吧。我领着她,扶着她。

我们沿着车库往电梯的方向走,队伍很庞大,而且还源源不断地从大门里拥出来,每个人都眯着眼睛。

"城市,城市。"扈从里某个人用赞赏的语气说道,鼻子使劲吸着空气,行为举止像一个多年没来过海边的游客,正在给自己的甲状腺补碘。"城市,"一具对空气感到迷茫的腐烂尸体重复道,"一下子就感觉到了!"说完,他跟上大队伍,拄着拐杖。

电梯会把我们送到上面和四面八方去。小小的电梯厢里挤满了嬉戏打闹的人。恶灵们围在镜子前,抚摸自己早已毁坏的脸。这么久以来,总算看见它了——属于自己的、独一无二的脸。他们为此感到开心,直到他们的目光落到了其他人脸上。坟墓里的时间喜欢像海里的盐水一样寻乐子——将每块岩石都打磨成光滑的石子,把每张脸上的鼻子、嘴巴、眼睛都洗刷掉。除了脸,便一无所剩。幸好电梯猛然启动,灯光忽明忽暗,一闪一灭。再加上频繁的换乘,让他们不能专注于自己的容貌。

他们所到之处越高,偶然路过的行人、城市的居民也就越多。路人们瞪大惊恐的双眼,急忙退却到墙边。当这群人从电梯里出来,行色匆匆地拥上站台时,有路人会驻足观看。

"安娜·尹,我们得赶紧逃跑。"我在她耳边悄悄说,"我们必须趁他们不注意时,从旁边溜走,尤其是当电梯突然开动,或者在换乘的时候。我们可以躲在朋友家里,从此销声匿迹。"

但她没在听。她问道:

"我的宁舒布,我的朋友,告诉我,你都找了谁来救我?还有大家为了我,举办了多长时间的丧礼?我算不清了。还有,我的园丁,我可怜的园丁,他肯定很难受吧,你们肯定下了很大功夫,才阻拦他到坟墓来救我吧?他人在哪?还有诸父,他们伤心吗?他们想了什么计谋来救我?你把整件事都告诉我吧。"

"好的,我会一字不漏地告诉你,但我们得先找到落脚处。当你在干净的被褥上躺下时,我就告诉你。现在我们先走,看看能不能甩掉他们。"我勇敢地回答道,但我的脑子乱作一团。

伊南娜啊,如果你在世界坟墓中变成聋子就好了。如果我能变成哑巴就好了,其实在整趟旅途中,我已多次哑口无言。我不想让你瞥见我的目光,我把目光都集中在电梯时刻表上,闪烁的交通灯上。但是,你已经读懂了我的心思,看透了我的双眼。

城市像往日一样——干燥、熙攘。像以往一样,干燥、血红的雨从天而降,雨其实为无处不在的铁锈,将一切染红。电梯刹停的咻咻声,旋转门的咻咻声。动态和尘嚣。各种各样的小摊和银行一直营业,直到榨干自己的最后一滴血,还有巨大的市场大厅,里面商品琳琅满目,应有尽有,任君挑选。草纸、灯笼、彩色玻璃。书籍、地图、全息图。油漆、口红、假发。还有学校,孩子在那儿学习最基础的词法——我、我的、和我、在我……①我的伊南娜啊,没人注意到你失踪了。没人察觉到变化,没人知道你死了;一切如常,按部就班,车水马龙,未

---

① 这些词都是波兰语中"我"一词的变格。

曾停息，牛奶没有糊锅，没有，没有，没有。毫无变化。没看见，没听见，没感觉。没注意，没哀悼，没遗憾。

我几乎是抬着她走，她轻飘飘的，像鸟的骨骼，内里中空，黑色充满其中。她的呼吸很浅，很寒凉，像一口老井。

城市，人群，现在看见了。他们注视着，我们移动着——鬼魅般的尸体。他们的表情呢——先是被逗乐了。他们定是以为这是狂欢节派对，我们是游行的大学生，庆祝着啤酒节，节日庆典开始了。但过了一会儿，他们的微笑就僵住了，深陷在紧绷的脸上。橙色的人们，清洁工们，边盯着我们，边紧紧抱住扫帚。皮肤白皙的车夫躲到道路两旁，为我们让道，显然我们有救护车先行权。有人在等车，有人在玩牌，他们的动作定格在半空中，手里拿着一沓红心和黑桃，目不转睛，看着我们路过。有人正在吃早餐，食物快送到嘴边了，但手里拿着叉子，一动不动。有人从大清早就开始喝酒，也是静止不动，让酒精缓缓流进身体的深处。有人刚出门散步，把球放在肩膀上，纹丝不动地站着。餐厅服务员——手里托着餐盘，单脚尖旋转才完成了一半。售货员的手掌则僵定在收银台的键盘上。孩子的舌头伸出来，刚好舔到冰块。网吧顾客的双眼，被瞳孔上反射的正方形屏幕遮蔽。一个女子的乳房裸露，因为怀里的婴儿方才松口。一个警察的白色手掌指挥着道路交通。医生手里拿着让人毛骨悚然的针筒,指向天空,而针头上沾有一滴明亮的液珠。街头艺人的手指划过吉他弦。一只脚丫正在体验商店的新鞋。杯子里所剩无多的红酒倒映着一张脸庞。嘴唇上方蘸满牛奶宛如一片白胡子。指尖划过电梯时刻表。遗失了的硬币,鸽子的一根羽毛在路边积水的海洋里遨游,被通风口旁的气流玩弄的车票,一个忘记合上的粉盒,粉盒的镜子呆滞地看着广告墙的一角。塑料袋里的小金鱼目光犀利。

一切都待在原位,没有任何变化。

"请问,我们什么时候才到市中心?"一个恶灵礼貌地询问道;他用手指掏着破烂的钱包,手里捏着如同用发黄报纸工整剪裁出来的钱。有人附和道:"到市中心去!去玩,去购物!"

"我们得甩掉他们。"我执着地又说了一遍。

"他们什么都没注意到。"安娜·尹说,"什么都没注意到。"

"你就体谅一下吧,他们是人,被工作弄得身心疲惫。"我把她拉到路边。但是那些衣衫褴褛的忧郁鬼、伤心鬼堵住我们的去路。他们把我们包围起来,把我们视作人质。

这不是狂欢节。这是炸弹。这是瘟疫,正沿着城市的中心栈道袭来。恶灵们开始打劫商店，把最昂贵的礼帽戴到自己的头上，赶在水族箱里的龙虾被沸水煮熟前，把它们放归自然。他们把甜品店柜子里的蛋糕砸到彼此的脸上。他们在杜鹃花盛开的花盆里撒尿，用东西卡住旋转门，肮脏的手指在现代音乐厅的玻璃外墙上留下印记。噢！实在是太棒了！能在小吃店里敞开肚皮，大吃特吃，把酒瓶的瓶颈敲断，然后直接把葡萄酒灌进喉咙里，把糖果鲜艳的包装纸剥掉，还能躺在草坪上，尽情地放屁。

我认为，现在是摆脱他们的绝佳机会。恶灵们正忙着劫掠城市，已经忘记了我们的存在。城市是巨大的诱惑，他们晕头转向，一时反应不过来。巧克力店前面，一圈人炸开了锅；巧克力礼盒在空中飞舞。我们穿过商店旁的庭院，溜之大吉，趁没人注意，赶紧挤进电梯里，并多次换乘，改变方向。排队的乘客躲开我们，并没有认出她来，他们对我们嗤之以鼻，以为我搀扶着一个醉酒女孩或是一个瘾君子。

审判日的夜幕快降临了，我们绕了好几个小时的路，终于到了卢拉尔的家里。正是他给安娜·尹编织了如此美丽的发辫，也是他给她文了身。门稍稍打开，橄榄肤色年轻男子出现在我们面前，神色慌张。但是，当他看到她肮脏帽檐下的脸，以及她身着的烂裙子时，他不禁往后退了几步，跨进美容沙龙的门,手捂着双眼。我不知道,他是想克制住泪水,还是不忍心目睹这一切。

"我的主人,伊南娜,他们究竟对你做了什么?你经历了些什么啊?"

不久后,芬芳扑鼻的热水浴遮盖了他的泪水,泪水消失在泡沫中,但他为伊南娜洗头时,始终在抽噎。在他给她抹上橄榄油后,她的身体才恢复曾经的紧致细腻、青春活力。他用软绵绵的白毛巾给她擦身子。但始终不能抑制住泪水。

"我亲爱的,他们毁了你的身体,如此美丽的身体,神的身体。""他们毁了她的手,她的胸脯,还有她的脖子!"他向我控诉道。

但是,在这哀叹之外,卢拉尔的眼睛似乎在说:你不会想把我献出去吧?我不是那个人。毕竟,我没有那么重要。坟墓没有我也好好的。我是你认识的众多人里的一个而已,仅仅是一个,唔,一个理发匠而已,偶尔给你梳梳头,没啥特别的……我们互相认识,这没错,但我们很熟吗?我曾给你梳头,但这有啥大不了的,每个人都可以给你梳头……

哗啦哗啦,玻璃碎片在飘舞——扈从顿时警觉起来。鼻子为他们指引方向,方才还在乘机打劫的恶灵,现在冷静下来。很快,使团便找到了卢拉尔窝藏罪犯的据点。他们礼貌地在门前等候,队伍由三个衣衫褴褛的丑八怪组成,他们身后则是纠缠一团的各路恶灵,焦躁不安,偷来的衣服、时髦的领子和衬衫后摆、薄纱裙和天鹅绒给他们涂上了颜色;他们的脸被油腻的酱油、鲜奶油以及巧克力里掏出来的馅儿弄得脏兮兮的。

"伊南娜,把他交出来,把卢拉尔交出来。在我们失去耐心前,把本属于我们的东西交出来。"

"不。"伊南娜说,"不是他跟你们走。不是他。卢拉尔是我的朋友,多年来,都是他帮我梳头,他爱我。"

他们开始窃窃私语,议论纷纷,向被吓得半死的卢拉尔投以好奇的目光。

最后,他们做出了决定;使团说道:

"我们也不想要他,他的价值甚至都比不上你的睫毛。这种人在我们坟墓里能有什么用处?他既不会帮我们做护理,我们也看不上他那双温柔体贴的手。他会给法官们剪趾甲,让他们心情舒畅吗?他有勇气给我们的主人梳头,使她怒气消退吗?他看见自己半死不活的新客户,寸草不生的头盖骨,薄到口红都粘不住的嘴唇,留不住粉底的瘦骨嶙峋的脸颊,他不会吓得魂飞魄散吗?我们要一个整天担惊受怕的孱弱之人来干嘛?我们不需要他的手艺。你给我们一个和你自己不相上下的人,那样才公平,给我们一个和你同等价值的人。别想着要阴谋。"

卢拉尔闭上眼睛,这才松了一口气。脸色如灰烬一样惨白,一瞬间头发都花白了。他把头垫在枕头上。他们不想要他。他孩子还小,岳父瘫痪在床。在一辈子里,即使只有一次不被别人需要,也是很好的啊。

然而,恶灵们心中的怒火越烧越旺——他们把垃圾桶点燃,把商店橱窗的玻璃都敲碎。城市的居民,今晚你们就别想入眠,他们不会让任何人安宁。这群行尸走肉尖声嘶吼,攻占了电影院影厅,但他们很快便感到无聊了,毕竟,最好的电影也不如真实的生活。在时髦、闪亮的寿司餐厅里,他们要求失魂落魄的服务员给他们上布丁、粉糕和鹌鹑,他们受够墓界里的死人餐了。他们在豪华酒店的浴室里泡澡,把自己的小脑壳架在水龙头和莲蓬头下。

半夜刚过,我们成功通过厨房的侧门逃了出去。

"我的妮娜啊,宁舒布,我们继续走吧,去找夏拉,他是我的朋友,肯定会让我们过夜的。"我亲爱的伊南娜悄声说。我知道是什么折磨着她。我熟悉城市,我也看见,恶灵的洪流已经充斥城市的每个角落。我们俩都知道,再也甩不掉他们了。

夏拉在上面一层开了家餐厅——品牌响当当的；餐厅里甚至有一扇窗可以看到三平方厘米的天空。伊南娜常来光顾。夏拉让我们进到餐厅里去，并点燃了蜡烛。

"停电了，整座城市黑灯瞎火的。"

他用柔软的手抚摸安娜·尹的脸，仔细打量起来。他感到害怕，浑身哆嗦，紧紧抱着她的肚子。他给她铺了松软舒服的床，还端上葡萄酒。酒杯互相碰撞，从他的手里滑落到地板上，唉，可怜的夏拉。当他试着把我们藏在厨房的两个冰箱后面时，他的眼睛询问道：我会是这个人吗？这时，恶灵们已经嗅到我们的气味了，一大群匪徒嘶声怒吼，把鼻子贴到玻璃窗上，用指甲挠着墙壁。

"是这个人吗？"他们叫嚷着，"是这个人代替你跟我们走吗？"

他们讨论了片刻，然后齐头拥进餐厅里。桌布被扯了下来，碗碟餐具全被打翻，杯碟全掉落到吧台上。伊南娜用身体护着夏拉：

"不是他跟你们走。他是我的朋友。"

"那也好。"恶灵们吼叫着，"反正我们墓界也不需要这么个人。他会用地下才有的块茎、黑萝卜、血色的红菜、扎在土里的辣根的黑色手指给我们做饭吗？他会用蚕豆和石榴籽来填饱我们的肚子吗？地下特有的、湿漉漉的、像花叶边饰一样长满腐朽的天花板的真菌,他都认识吗？我们那儿还有堆积成山的死老鼠,他可知道如何给它们去内脏,并将蟑螂馅儿酿进鼠肚里吗？还有撒上黑糖粉的白幼虫,我们可以享用这样的甜点吗？他会用动物腐尸制作鲜嫩多汁的肉排吗？我们的菜单很有限。我们那儿只有地下口味的饮食。我们不喜欢这家伙！他像果冻一样摇摇晃晃的。你必须给我们一个如果失去了你就会悔恨至极的人,用于交易的东西,必须让你痛苦万分,否则不公平,否则就是诈骗。你还有几个小时,再不交人的话,你就跟我们回去。"

现在睡眠已经没有意义了,没必要伸展筋骨了。夏拉刚吸完一根烟,又叼起下一根,还啃咬着指甲。窗户紧闭,电网被切断,层与层之间的货运电梯井道也被封死。这是一座受困的要塞。夏拉啊,你别怕,他们要的不是你。

伊南娜现在躺在干净的被褥里,我坐在她身旁,守候着她,轻抚她的手。我会记住所有的东西,每一个词,她的每一个手势,即便是最细微的气流移动,从她的呼吸中,我读出一个名字——园丁。

十六　噩梦

"我做了个很恐怖的梦。"园丁对他的姐姐安娜·盖什提说,"我做了个很恐怖的梦。"

他身着睡衣,坐在厨房餐桌旁,头发乱蓬蓬的,他一直和朋友在软绵绵的草坪上跳舞、喝酒,通宵达旦,因此睡得很不好。节日庆典从昨晚开始,精致的灯笼高高挂起。但是,一切都太短暂了。

"城市里骚乱四起,人们在街上打架斗殴。把我的灯笼都扎破了,还践踏草坪。警方也介入了。你知道究竟发生了什么事吗?"他拈起一块维生素泡腾片,投到一杯水中。泡沫滋滋作响,如风呼啸,让他内心平静下来。

我,安娜·盖什提,我是他的姐姐,我是每一位解梦的人,我明白,我的弟弟仍对周围的一切全然不知。新闻也没提及任何关于伊南娜的消息。

"伊南娜回来了。安娜·尹回来了。"我说。

他的脸色似乎顿时苍白了。看来,他明白了。

在梦里,他站在河畔上。他梦见缓缓抬高的波浪,越来越高,越来越大,目之所及,皆被漫过,太恐怖了。岸边的芦苇在风中摇曳,窸窸窣窣,向他摇着头,满脸遗憾,这是干巴巴的、无声息的哀叹。林子里的树木长高了许多,俯视着他,向他走来,包围着他,这些可怕的独腿怪。在他家里,水流得满地都是,漫过了他的脚踝。他的水桶和花盆都破了洞,还扭曲得奇形怪状,他最喜欢的马克杯也不见了踪影,这下没杯子喝水了,锄头也不见了,这下没工具掘土了。眼见酸雨从天而降,落到他的庄稼上,流水冲刷掉风信子鳞茎上的泥土,蚜虫在他的玫瑰上安家,田鼠在树墩下挖土。家里已被搬空,碗碟全被打破,杯子摔得粉碎,家里被鬼光顾后,变得陌生,空无一物,地毯被践踏,打磨过的木台阶上沾满泥痕,卧室里的被子皱巴巴的,而且还沾满血渍。

"这一切都是因为我,是我的错。但是我不知道我错在哪儿,所以我不能阻止这一切发生。我当时还很小,个子矮,身子弱,孤苦伶仃;没有任何人能帮我。"

"唉,别再说了。"我给他倒上一杯咖啡,倒太满了,从杯子边溢出到桌面上,滴落到泥土地面上,留下深色的斑点。

"你知道,这意味着什么吗?"他问道。

"我不知道。"我回答他,擦了擦黑色的咖啡渍,双手在颤抖,"你别多想。"

他怎么可能从梦里逃脱呢?我思考着。我把他拥入怀里,我能触摸到睡衣之下的骨头,细小的骨头,这副骨架完全不是铜浇铁筑而成的,而是人类的骨头——我们的骨头,我们的钢柱;在这方面,我们很像城市——由圆柱和镂空的钢架建成。在此基础上,我们被撑开,如同不堪一击的帐篷。我还在思考:她如果不来这儿,那要去哪儿呢?伊南娜。她肯定会来这儿的,为了找这个她曾爱过的人,她总不能一直玩弄那些折磨她的跟屁虫吧。她像一团炙热的火球,只想着快点滚到水里,浇灭身上的火焰,但同时也把周围的一切都点燃;她像一个感染了病毒的人,在寻找可倚靠的肩膀的同时,也把病毒传染给别人;她像一只被追捕的小动物,惊慌失措,逃进自己的洞穴,同时也把幼崽送入刽子手口中。我就这样思考着,感受着睡衣之下弟弟脆弱的身体。我应该怎么把他藏起来?藏在哪儿?在这个城市,无论他躲到哪个角落,她都能找到他。他必须和另一个人换脸、换身体,假扮成另一个人,像蛇一样蜕皮、换皮,淹没在人群中,每天不断搭乘电梯,以抹去自己的痕迹,改变气味,切换步伐,直至彻头彻尾变成另一个人。不再当自己,忘记自己。

"我害怕。"我的弟弟,这位园丁说,"我是不是做错了什么?忽视了什么?我一直尽己所能,做到最好,完成自己的任务,承担起照顾植物、照顾人的职责。"他看着我,在我身上寻找一丝认可;我点头表示赞成,我还能怎么做?"她一直都在寻求刺激,抛弃掉自己所拥有的一切,跑到地下去。这我就不明白了。既然地上的一切、整个世界都像一幅风景优美的油画,那为什么要潜入到黑暗中去?现在她是回来了,但不仅她自己像个怪物,身后还拖着一群魑魅魍魉,通过那扇敞开的大门,把混乱引到城市里,我悉心照料的一切都毁于一旦。我和这些妖魔鬼怪难道有什么共同之处吗?他们怪诞的要求实在太可笑了——一定要找一个替死鬼!我倒想问问,为什么?谁呼来的风,谁就该收拾唤来的雨。谁舞刀弄剑,谁就成为剑下魂。有因必有果,敢做敢当,有罪必罚,这些难道不是我们从小就学的道理?"

没错,他有道理,他说的都对。我边思考,边打开衣柜的门。但除此之外,世上还有爱与伤害。

"算了吧,我不是让你别再胡思乱想了嘛。"我让他冷静下来,他乖乖地听我的话。

他是个美男子。他是她万里挑一的情人,城市便是她给他奉上的嫁妆,她不仅向他献出了自己和自己所有的财产,还把他加冕为园丁之王、男人之王。他还被册封为大公,统治着那群从礼帽里变出兔子的人。她给予他自由。但是,当她离开时,当她下墓界时,他只顾着忙自己的,没能帮她。对你而言,她曾是你的全世界,而如今她大难当头,长久以来,她第一次求你帮忙——我的弟弟啊,你却让她失望了。我心里是这么想的,但我没勇气告诉他。母亲曾叮嘱我要保护好弟弟,因为他非常脆弱、敏感,就像一个纸灯笼一样,这就是我的弟弟,我们的园丁。

我把他的眉毛给剃了,并用铅笔在他光秃的皮肤上画上细细的黑线。我在他白皙、干爽的皮肤上扑上一层深色的粉底。给他的嘴唇涂上明亮的唇膏。围上色彩鲜艳的头巾,遮住他浓密的秀发。我把他的胸部塞进胸罩里,再往里面垫上两块海绵,现在他看起来像长着乳房。我勒紧他的腰带。把腿毛刮了,给他的脚套上高跟拖鞋,他走起路来摇摇晃晃。让他穿上可以掩盖这副美丽身体的粉紫色紧身裙,在这身装扮下,他俨然变成一个女人。我给他一个篮子,让他看起来像个洗衣工或办公室清洁工,或是秘书、保姆、幼师。

"现在,你快去搭电梯吧,一直坐到最顶层,去找诸父,请他们帮忙,他们肯定不会拒绝你的。我会撒个谎,引开他们的注意力。"

"有谁要来?"他不安地问我。

"我说说而已,没人要来。"

他直视我的双眼,他的瞳孔又黑又大。我从中看见了自己,犹如草尖一样小巧玲珑,被四周的漆黑包围的小女孩,黑暗的麦粒上的小公主。我们紧紧相拥,互相告别,然后他便溜出家门,淹没在人群中。从我的双目里死去。

我非常理解这个梦:水,化作缓缓抬高的波浪——预示着危机,以及潜伏的毁灭。摇晃着脑袋的芦苇——指的是我沉浸在哀悼的伤痛中。那些不断靠近、挤压过来的树木——指的是埋伏在树后面的劫匪。流进屋子里的波浪——地下的洪流，涌动的地狱之河。那群把家里的东西都毁于一旦的恶徒，从挂着它的钉子上消失的杯子，是他，是园丁，我的弟弟和丈夫，他从母亲的肚子里蹦跶出来时，一丝不挂，手无寸铁。被毁了的植物——什么都无法自救，什么都不会保留自己本来的模样。

十七　擒获园丁

城市大难临头。整座城市宣布进入紧急状态。在度假的警察要立即上岗,刚躺床上的卧底特工要起身待命,仓库里的存货全被清空。机械化的士兵在街上铺设路障。他们把催泪瓦斯填入手榴弹中,用水为大炮上膛。部队在电梯站台上巡逻。装甲车驶向广场,篝火在燃烧。防暴盾牌被打磨得闪闪发亮。

但这是为了伤害谁的眼睛呢?从地下来的人不会流眼泪,催泪瓦斯不会使他们睁不开眼。从死人堆里爬出来的人,还会怕水、怕火吗?他们的咽喉喝惯地下河的水,不会被普通水龙头的水呛到,火焰也不会灼伤他们的皮肤,长期混迹于地狱圈,使他们练就一身绝艺。既然他们的身体痛觉失灵,那么头盔和警棍又有什么震慑力呢?

我的弟弟穿过院子,沿着消防梯往上爬,翻过铁丝栅栏。但是那群人嗅觉异常灵敏,像打猎一样,穷追不舍。他们撕心裂肺地呼叫着,把他围困起来。

我,安娜·盖什提,我是每一位解梦的人,我知道,这是所有人的噩梦,全体市民的噩梦——被某种东西穷追不舍,却无处可逃。整个世界都是藏匿之处,可以隐藏的地方有田野、洞穴、森林、溪流、楼梯间、阁楼、地下通道、酒窖。自己的衣柜,自己的衣服;合上眼睛。但人一逃,就会被抓。当我解梦时,一张扶手椅和一包纸巾便是我的工具。我告诉人们,告诉那些被追捕的人——你停下脚步吧,把脸转向追捕你的人吧,用额头抵住枪管吧,用胸膛挡住利箭吧,在刀光剑影下伸出脖子吧——这样你就无所畏惧了。

我知道伊南娜要去哪儿,朝着哪个方向走。即使她想改变路线,也办不到。所以,我为他们敞开大门,我,安娜·盖什提,盖什提南娜[①],每一位解梦的人,给她,还有那群嘶吼的扈

[①] 安娜·盖什提原文为 Anna Geszti,盖什提南娜原文为 Gesztianna,盖什提南娜为其姓名颠倒之后连读的音译。——编辑注

从敞开门。

"你好。"她阴沉地对我说。她曾挺美的。

"他不在。"我低声说,"他离家出走了,不见了。"

"你在欺瞒我们。"恶灵仍在怒吼。

人群拥进屋里,践踏着地板。房子的每一个角落都在颤抖,娇嫩的幼苗被践踏。他们找遍了衣柜和衣帽间,翻遍了每件衣服的口袋,钻进家里每一处缝隙,翻遍柜子里的碗碟和餐具,把所有抽屉都扯出来。砰的一声,陶瓷花瓶打碎了,玻璃酒杯噼里啪啦地被砸得粉碎。恶灵万分恼怒,他们决定冲着我来,眼看我就要遭殃了。他们愤怒的火舌向我扑来,刹也刹不住,终于,我屈服了。我紧咬舌头,以免它奋起反抗,一不小心透露风声、泄露秘密。他们把我抓疼,身上的裙子也被撕破。

"他在哪?你的弟弟园丁在哪?"这群石像怪物不停地怒吼。

他们把我的手臂扭绑到身后,我活像个稻草人,被推来搡去。我摔了一跤,站不起来。随后是一阵狂踢,好在他们力气不大,他们的腿都萎缩了,加之长居地底,导致肌肉松弛,使不上劲。

"不知道。刚刚他还在家的。"我随便给了个含糊的解释,很快,我便说不出话了,因为嘴里含着鲜血。

一个皮肤苍白,宛如灰烬的女子站起身来,伫立在我面前。她一动不动,并没有想阻拦愤怒的恶灵。她的手腕上不是戴着手镯,而是缠着绷带,脖子上不是戴着项链,而是抹着药膏。她的眼睛四周萦绕着一些小昆虫,它们还落在她的眉毛上。她的肩膀紧贴着另一位女子,后者看似与我年龄相仿,我用眼神求救,我发现,她眼里含着泪花。在她身后,一大群脸色惨白的恶灵正凝视着我。他们誓不罢休,低声问道:

"是她跟我们走吗?还是她的弟弟?她弟弟在哪儿?你快交出他来,我们不想再等下去了。这儿太无聊了,没什么好玩的,都是些垃圾;我们想回家了。"

这帮歹徒要往城里去了,虽然他逃出去了,但是他却还没跑远。完了,我们在劫难逃了,电梯堵在半路上,悬吊在绳索上。醉醺醺的恶灵在舞动、摇摆,没有逃脱的希望了。即使是最高超的易容术,也回天乏术。他彻底绝望了,这两个女人凑近我,扶我起来,给我松绑,我直勾勾地看着伊南娜的双眼,恳求她:你们把我带走吧。

我的话音与血液一同凝固了。

十八　危机

伊南娜使整个城市都笼罩在黑压压的暴风雪云团之下。寒气侵入到城市的镂空钢架中,冰碴子凝结在电梯井道里,霜冻渗透到了电源插座中。从那以后,电流动得更慢,光线更黯淡,街道拐角的橙光闪烁,厚厚的黄雾笼罩街道,模糊了商店的招牌。积雪渗透到了城市的最底层。电梯停摆,在空中晃动着,吱呀作响,它们是空有外壳的城市的钢铁果实。霜寒戏仿温暖的有机世界,模仿树叶、花瓣和柳条的模样,演奏着咔嚓响的白色音乐会。屏幕熄灭了,失魂落魄的播音员用烛焰暖手,低声播报糟糕的天气。狂风肆虐,行人道上,积雪成山。

我失业了,我,白皮肤的车夫,我是每一位讲故事的人。我以用人的方式,说着听不见的话语,因为奴隶是不能发声的。但我在思考,像每个人一样思考。

城市停摆,完全静止。没人出门,在街上,没人忽然伸手把我拦下,没有嘴巴说出地址。人们都躲在家,拉上窗帘,点燃微光,提心吊胆,凝视着窗外。可是,我无家可归,我总是边工作边睡觉,或像马一样,在车房里站着睡。

车夫们全都聚集到这里来,无论发生什么,我们都将互为证人。除了我,在场的还有一些失业的车夫、洗衣工、清洁工、垃圾工、保洁员;我们都是逃兵,面对道路上厚厚的积雪、电梯井道里的巨大冰柱,我们实在无能为力。因此,我只好慢悠悠地踏着雪,这是我这辈子第一次看雪呢——在城市里,从没下过雪,我在雪地上留下奇怪的足迹:先是宽且平坦的脚印,然后是轮子轧过的两条直线。这太不对劲了——漫无目的地溜达,我还真不习惯;我还觉得这很可笑,感觉自己像个孩子,刚学会一项新技能——缓慢地行走;毕竟,我一直都是用跑的。也许我还真不是走路的料,我的步伐不稳,而且还犹犹豫豫。我背后的车子竟是空的,要在空载的情况下保持平衡,实在太难了。

我亲眼看见了他是怎样被那群人掳走的,他一定是因为某个动作而露馅了,他肯定是妄图反抗,挥舞着树棍。他身上那件女装裙子被扯破了,他头上还斜搭着头巾。恶灵逮住他,把他的一条腿钉到站台上,把他的手绑到背后。他头朝下,就这样被吊在那儿,当她见到他时,他哀号得更加刺耳。

太晚了,我的姑娘,恶灵们十分满意,发出愉悦的号叫声,他们身上挂满了战利品和货物,脸上像抹了炭似的,脏兮兮的。所有人终于可以松一口气了,因为他们已经带上他,打道回府了。多宁静啊。

现在,我们所有人都坐在这里,在墓界大门前。怅恨的碎屑从天而降。这回落到头上的,不再是铁锈,而是白色的绒毛。

她先是对大门拳打脚踢,大声喊着:"放我进去!你这团白骨!"当然了,里面没有任何动静。现在,她只能在那儿干站着。奈迪,大门的守卫,不会再重蹈覆辙了。没人能从那里进去,也没人能从那里出来。大门紧闭,门闩插上。号叫的大军凯旋,他们现在大概都在欣赏着旅行的照片吧。

她彻夜未眠,一直在敲打着大门。她仍十分愤怒,但已经平静下来了。有人给她梳头,重新把头发绑成细细的辫子,坟墓的阴霾渐渐从她的脸上消退,红晕重新出现。某个仆人给她带了点吃的,我也偷偷地掰了一些,就几口,怎能错过这般美味佳肴呢,毕竟是高级餐厅做的。我这辈子都没吃过这么美味的东西。

她在自言自语。她悲恸过度,疯了,或是和苍蝇聊天。苍蝇在她头顶上方打转。一个光头女子给她盖上毯子,另一个女子,宁舒布,拖着行李箱,给她递了一杯水,但是伊南娜甚至都没注意到她的存在。她睫毛上的雪不会融化。还有第三位女子,园丁的姐姐。就是她恳求恶灵将她带走,让弟弟留下,她紧紧抱住恶灵瘦骨嶙峋的小腿,抓住他们的背包。"把我带走吧!"她就这样苦苦哀求。"把他留下,把我带走吧!"没人听她的,她如同一块脏抹布,被扔到一边。

我在想:园丁太惨了吧。这么一个好朋友,就这么没了。他会逗孩子们开心,会惹人发笑,他布置的空中花园就像是小摊档一样,他人特别好。他的身边总是人头攒动,甜甜的棉花糖、彩色气球。棒棒糖、橡皮绳上的吊球、锡箔纸做的小风车。他脚步轻盈,能从一个桁架跳到另一个桁架上。他身材健硕,腰间系着麻绳。他曾管理所有的节日、玩乐以及休息日。现在积雪浸湿了灯笼,灯光全熄灭了。五彩缤纷的节日折纸花给雪地染上了人造的颜色——玫瑰色、紫罗兰、柠檬黄,以及霓虹灯般、死气沉沉的灰绿色。

天气这般寒冷,没活可干,我只能独自溜达。但是,在夜幕降临时,聚集到这里的人越来越多,也不知道他们是怎么来的,毕竟电梯都停运了。他们一定是在楼房中的垃圾通道中穿行，直接攀爬冰冷的电梯井道——听说只要有滑轮和皮带，就能挂稳，也许他们知道桁架之间哪里有通道，可以在穿洞的钢架中穿梭。雪是从哪里来的？从什么样的天空，经过多少道缝隙，才落到这儿来？

伊南娜再次走到门前，把脸贴到大门冷冰冰的表面上，动着嘴巴。听说她的姐姐就在另一头。镜子的倒影。车夫们都这样说。一扇生锈的大门把她们分开。隔着冰冷的钢铁，她们的指尖、脸颊、胸脯互相倚靠。伊南娜触摸过的钢铁上，一朵朵冰霜之花随之盛开——娇小的星星，八条手臂的康乃馨。她把手移开的瞬间，花纹便消逝了。

"把他还给我。"安娜·尹对姐姐说话，而我们在一旁偷听，"他待在坟墓里，对你们一点好处都没有。他的种子到了里面，绝不会发芽，他的鳞茎也不会生根。你的土地没有肥力。你还是好好养自己那些漂亮的白蘑菇吧，它们不需要阳光和温暖，但是你先把他还给我。我求求你，把他还给我吧，我后悔自己和他置气了，后悔我说他坏话，恶意揣测他。"

在门的另一边，当另一方回答时，她手指下的金属又会绽放出怎样的花朵呢？

"在你所有东西里，这是唯一我能抢走的。其他的一切都属于你：你拥有日月，还有繁星、星座；你拥有人们、朋友、仲夏夜、气味和味道；你有有血有肉的情人，他们光滑细腻的肌肤，充满爱意的身体；你有床单、羽绒被，有香喷喷的洗发液，玫瑰色的粉底和唇膏；你有浴场和理发师，忠诚的朋友，啤酒，葡萄酒，甜蜜的蛋糕；你可以踏青，可以旅游，你有孩子，毛茸茸的动物，珠链，耳环，量身定做的裙子，终会言和的争吵，终会结束的噩梦；你有七星瓢虫和鸟儿，还有小兔子，你有鸟巢和番红花，你有铅笔和油墨，你有不发霉的纸，你有歌谣，诗篇，故事。要把这些全尝试一遍，得活上一百万次。这都是你的财富。而我呢？你想和我互换身份吗？现在我至少占了一次上风，至少成功了一次。"

伊南娜抚摸着冰冷的铁板。手掌在上面移动着，一片片铁锈飞落下来。

"把他还给我吧。"她仍在苦苦哀求，"我的痛苦又能让你开心多久呢？他又能为你带来什么呢？两天后你就会感到厌倦。你会把他泡在有机玻璃里，就像你对待其他老情人一样，你会看着他死气沉沉的样子。这不是你想要的，你更想他活着，有着温暖柔软的身体，裸露出光滑的背部，散发着人类皮肤的气味，爱的汗液……"伊南娜，苍蝇的主人，说道；苍蝇在她的头周围形成生命力的光环。

另一方恼怒地击打着钢铁大门。有一瞬间,能感觉到回声响彻整个地下坟墓。现在只剩下抽抽搭搭的啜泣声。伊南娜的身旁是园丁的姐姐,盖什提南娜。大家都说,她会解梦。包括车夫平凡的梦。

"把我带走吧。"她低声说,"你的下属会喜欢上我的。我有很多长处,总有一个能派上用场。我愿意自己下去,我愿意当一个忠诚的奴仆。我强壮有力,身体健康,我的简历也很完美……"

从那里,从另一边,传来咯咯的笑声,抓门的嘎吱声。伊南娜驱赶停在她发梢上的苍蝇。她能听懂它们说的话。它们也想加入到谈判中。没错,它们可以到地下去,到坟墓里去,但是有一个请求——它们想变成活的。你碰碰我们吧,它们说,你把我们变成真正的昆虫吧,你不一定要给我们红色的血液、真正的心脏,我们只要小小的、原始的生命就满足了。能拥有身体,即使是垃圾做的身体,也是一件美好的事情。能活着多好啊,我们想活着,即使一辈子都生活在坟墓里。不仅可以移动,还能像抿一小口啤酒那样,吮吸每一瞬间,嘶的一声——时间就流走了,然后再追上下一个瞬间。从此以后,我们会为每一位逝者哭丧，从此以后，一切将死之物，都属于我们：我们会为他们主持最后的圣礼，用昆虫般的温柔合上他们的眼睛。

  画面就这样僵持着，慢镜头般的动作。雪花在她们头顶上方交织，化作光晕。所有的欲求，如道路般纵横交错，却永远无法抵达终点。有人大概会想，为什么她们没有诉诸暴力，没有哀叹，没有耍小聪明，没有要挟与欺骗，或是扯头发？的确没有，画面死气沉沉。三个女人背对着铁门，都在窃窃私语，苦苦哀求。而第四个女人——看不见她，仅能从窸窸窣窣、吱吱唧唧的声响中感觉到她。

  我慢悠悠地踏着雪，留下我的脚印，柔和的半圆、美丽的月牙、8字，还有看着很舒服的0字。时间在画中人之间蜿蜒前行，同时，在一旁看热闹的群众，即使气氛紧张，也都纷纷睡着了，头倚靠在同伴的肩膀上。这真是难以解答的画谜，名副其实的益智游戏，要给园丁定价，实在不易。

  比如说，现在她们开始用苍蝇做交易了。

  "你又得孑然一身了，那些害怕你的人，恐怕不能当你的伴侣吧，你的那些法官、臭气熏天的恶灵、死人兵团、变异人侍从，你在地下所拥有的一切。把他还给我吧。"伊南娜再次恳求,温柔地抚摸着金属大门,似乎在摩挲着那个她的黑色脸颊。她手上有苍蝇驻足,显然,眼前的这些苍蝇启发了她。"我把苍蝇给你。你还记得它们的温存吗?你还记得它们是怎么让你放松的吗?它们可以成为你真正的朋友。而且你看,这儿苍蝇多到数都数不清!噢,它们对你来说是巨大的宝藏啊:它们可以游弋于两个世界之间,从城市到坟墓,从坟墓到城市。这下你可以派它们来我们这儿做调查。它们是你感官的延伸,你会把它们派遣到每个地方。通过它们,你可以舔到每一个苹果,每一块食物,扎到白砂糖堆里,品尝流淌的蜂蜜。经过它们的爪子,你可以爱抚每一张脸庞,看见每一双眼睛。你将用它们来看世界,聆听每一个秘密,见证每一个事件。窃听悄悄话,分享每一个秘密。每逢夜晚,它们都会待在地下,好好安抚你,像哄孩子睡觉一样,摇着你的痛苦,抱着你的悲伤。我会给它们安排海边的小酒馆、妓院、垃圾箱、肉铺子、集市、马桶、人和动物的尸体。这样,你就可以一直陪伴在我们身边。这份厚礼应该可以赎他出来了吧。"

这一次,姐姐沉默了许久,边沉思,边用指甲剐蹭着门板。这份礼物似乎是难以抵挡的诱惑,我们都屏住呼吸。伊南娜的额头紧贴大门,冰冷的金属也因此仿佛有了生命;大门在颤抖,钢铁也蓓蕾初开。园丁的姐姐还缠在伊南娜身边。她也太倔强了吧!

"我来代替他!"她重复着,嗓音如音乐盒小人,"我和苍蝇一起去,一整套,买一送一。你派来的恶灵摸遍我全身,啧啧惊叹我竟然如此完美,牙齿里一个填充物都没有。他们都像捡到宝一样高兴。我非常想加入你的麾下。求你了,带我走吧,放了我弟弟。"

这一瞬间被不断延长———一切都静止不动,眼睛不眨一下,空气一直不愿从肺里释放。甚至连雪花都飘浮在空中,地心引力失效了,直到大家听到回音。

"好吧。"终于,尘埃落定。

她说:"好吧。"她说:"就半年。他们俩蹲牢的时间一人一半。弟弟半年,姐姐半年。当然还有苍蝇,我也要带走。"

我,车夫,我,没人会听我说的话,我用脊背载客,我,每一位讲故事的人,我是这一异事的见证者。虽然我不太明白其中的奥妙,但这是我的报道。如果这篇报道有朝一日被载入编年史,见诸铅字,请别忘了提及我的存在。

伊南娜将园丁的姐姐拥入怀里,抚弄着她的头发。

"你对他的情真深。比我的还深。"

十九　交换

　　我,每一位解梦的人,我,安娜·盖什提,盖什提南娜,我知道人们的内部构造是怎样的——与城市相似——看起来强大、广阔、伟岸,实则脆弱、虚亏,由孔洞、虚无、空无一物的空间构成;火柴堆成的巨大城堡。豆腐渣工程,临时板房,永远不知道下一刻会发生什么。恐惧是这座建筑的根基,他们惧怕痛苦、衰老和死亡,惧怕时间的流逝,惧怕自身的黑暗。而每个人身体的正中心、大脑的迷宫里都藏着一个疑问,一个永远都不能被提出的问题。我的弟弟啊,你勇敢点吧,向我提出这个问题吧。我一定会回答——是。

　　我的伊南娜啊,我心里的这笔账很简单。我的弟弟,是个园丁，以前，他总是为了他人的好而存在。他从来都不属于我。

没有花园的城市——你好好想想——你想象一下，铁锈结成的霜，弯曲的铁手指，冷冰冰的玻璃板，人的倒影如同鬼魂一般，城市唯一的颜色，竟是从屏幕里来的。胶囊食品：营养矿物质，人造维生素。物质几乎是一模一样的，味道也大致相同，气味相似到可以骗过鼻子——一切都只是看似如此。如果没有园丁的话，城市会死于重度肺燥，死于急性抑郁。

他最近变得特别专注自我，我的弟弟，这个园丁。他说的每一句话都以"我"字开头，句子里还有"关于我""为了我""我的"等等。动词变位如纸张一样厚。他还是个小伙子啊，肯定适应不了坟墓。在那里，他什么也学不会，反而会陷入无尽的悲伤，身体变得松散绵软，最终因为思念幼苗和花圃而溶化。然而，这里没有他的话，人们根本活不下去。而且，生活本来就已经很艰难了。这我是知道的，我是盖什提南娜，我是每一位解梦的人。夜晚总会听到身体不断坠落的干瘪的沙沙声，以及在桁架、栈道上反弹的沉闷声响。

我来代替他吧，我来换班，而且是晚班，在墓界的工厂里上班；我们在过道换岗时，一句话也不会说，因为在你们那儿不允许说话。也不允许回头看，不允许直视双眼。因此，我们只会低着头,擦肩而过,一言不发,像祭品一样;就像无辜者被迫认错一样。我们俩都还有半辈子,我们这下子可以好好利用余生了。所以,我要去那里。一去一回,一上一下。

安娜·尹的怒火是不祥的,如同锃亮的武器、锐利的刀锋,仿佛战场上敌我两军剑拔弩张、蓄势待发;如同地壳运动般震撼——它会破坏山谷的旧布局,将山丘变成低谷,将果园变成荒野,将河流改道,将海洋变成沙漠。城市的每一层都在下沉,焊缝破裂,螺栓崩开。

她的怒火,是非人类的怒火,太可怕了。和她的爱一样恐怖。然而,我们需要的是活着的神,而不是死了的神。我们需要的是那些播下混乱种子的神,我们才是负责制定秩序的人。因此,我要去那里。

她走在前面,指引着道路,把沉重的大门变成一扇旋转门,变成指尖一碰就让步的门。半年待在黑暗中,待在亡者的坟墓中。虽然我知道他们已死,但我还是会去了解他们的梦,问他们梦见了什么。他们是否找到了一份清静,也许他们其实很满意自己已经死了。也许他们松了一口气——因为再也没有让他们惧怕的东西了,无论是空无一人的房间,还是街头巷尾的脚步声,或是抵住额头的枪口,要挟与恐吓、孤独、舍弃、身体的痛楚、饥饿、致死的疾病都不再可怕,他们就算承受着各种各样的折磨，那又怎样，他们的身体已经没有神经和受体了，也没有易损的组织。他们回归到了最初状态，变成一具由黏土、尘土做成的躯体。

我下去一趟，好好了解这一切。我会展开调查，绘制图表。死亡，究竟意味着什么？——我会做调查。之后，我会偷偷把所有信息缝在袖子里，把监狱里的秘密通信，死亡的密码，全都公之于众。死亡意味着什么？我们终于能找到答案了。我的假设是：不能没有我们。因此，我要去那里。

我在苍蝇的陪同下，跨进坟墓阴暗潮湿的洞口，在此之前，我再次回头，我看见他已被松绑，手脚上的缰绳已被取下。他按揉着手腕，身上的衬衣又脏又破，他艰难地抬起目光，仿佛如梦初醒，刚从最扑朔迷离的梦中挣脱出来。

遗憾的是，我最后看见的画面非常俗套。她走近他身旁，他们俩紧紧搂抱在一起。最感动的还属那一群奴隶，他们来这里，只是为了凑热闹：车夫，脚底长着雪橇板和滑轮的用人，年老破旧的女秘书，不久后就要被送去废物处理厂了。我们的主人公是如此专注，以至于很快就把我给忘了。

但也不完全如此，她还是转过身来凝视着我，这一刻太过漫长，我再也忍不住了。

雪将融化,他们也会回到上面去,灯笼将闪闪发光,还是有一些没被淋湿的。节日庆典的准备工作只是暂时搁置罢了;现在人们有了庆祝的真正理由。冰箱里有冷藏的啤酒,沙拉更加浓郁入味,红酒也醒好了,煎得金黄的馅饼也缓过神来了,发酵好的圆面包激动得蓬松起来。

还差一点,就迈入黑暗了,还差一点,就消失了,还差一步,就赶上前面的苍蝇了,我,盖什提南娜,安娜·盖什提,再回首,如每个行将就木的人。而在我眼皮底下,值得油画大师挥毫的欢快一幕,逐渐石化了。

二十 ⓜe*

"告诉我,她在来的路上了吗?"会计恩基问眼睛闪闪发光的仆人,扫了一眼丰盛的自助餐,桌上摆满彩色蜡笔色的酸奶,奇形怪状的水果,面包,馅饼,黄油曲奇,一桶桶葡萄酒和啤酒,五花八门的糖果。菜单是他自己定的。

"她在来的路上了吗?"

噢,没错,我们在来了,我们在来了,电梯正好吱一声,把我们送到诸父阳光明媚的房间里。他们边等边偷吃桌上的菜

---

* me 是苏美尔语中的重要概念,其含义包罗万象,不仅指"神职""神力",还包含形而上的"道"和形而下的"器",是苏美尔人对人类在物质和精神方面取得的成就的高度概括。——编辑注

看。他们实在是忍不住。他们用领带擦了擦手指。小橄榄消失在他们硕大的肚子里,只听到一声可怜的、缥缈的扑通。一见我们来了,他们急忙从毛茸茸的草绿色沙发上站起来,脸上挂着和善的笑容。

这是伊南娜,我的朋友,而我呢,是宁舒布,每一位讲故事的人,我们应邀出席神的宴会。现在,伊南娜是女儿。她的脸上洋溢着欢欣,她今天的妆很美,身穿鲜艳的连衣裙,上面缝有许多块小镜子,它们反射着混乱的多重世界。镜子里五彩斑斓,变幻莫测,每一种组合都稍纵即逝。她的手镯和脚镯叮当作响。在伊南娜身后,一个行李箱匆忙跑来,上面的金属扣子发出欢快的铃声。最后进来的是我,与他们相距一步,背着一个篓子,手里持着一根柳树棍。我们都到了。

今天,诸父尤为亲切热情,看!多友善的客人啊!他们在伊南娜的额头上温柔地吻了一下,轻拍她的脊背。

"多勇敢的姑娘啊,多勇敢的姑娘啊。"他们呢喃道,试图隐藏内心的感动。

盛满美食的盘子在旋转,斟上清澈的、金黄的、国王特供的啤酒,乳白泡沫形如王冠。糕点被神的手碰过后,在送进嘴巴前,会暂时活过来,接着便迎来有尊严的死亡——在神的胃中献身。

"那么,看来这是真的,谁会想到呢。这么说来,进去后,是能出来的。我们还觉得这不可能呢,都说规则一旦立下,就不得删改,况且也没人会有这样的勇气……"

"这也太粗心大意了吧……"最年轻的父亲不小心插了一句。

"……所有以前划定的边界,都永远有效。日夜、高低、黑白、生死、左右。这个 0 与 1 的法则会永远生效。"

"嚯,你可把我们都吓坏了。我们一直在担惊受怕。"

"现在得修改世界的参数了,计算新的时间等式,不再是一次函数,而是圆,也可能是椭圆……无论怎样,明天就得投入工作了。"

"你完成了不可能完成的事情。但是,亲爱的孩子啊,你得承认,在关键时刻,要是没有我们的帮助,就可能会以悲剧收场了。"

他们都一致点头,表示认同。

"以我和理事会全体成员的名义,我打算送你一些小礼物。"会计恩基宣布道,"从此,你拥有城市,以及城市的统治权。你拥有上和下,电梯和铁道,快速自动人行道,所有的住宅及里面的东西。请笑纳。"

他给她颁发了某些类似于证书的文件,从餐桌另一端把手伸过来,手甚至能温柔地轻拍她的背。然后,他举起啤酒杯,向大家敬酒,再吸光表面的泡沫;强劲的液体流进他巨大的身躯里,肚子里传出天鹅绒般的嗝声。伊南娜边致谢边用啤酒湿润嘴唇。泡沫沾在她鼻子下面,像一撮胡子,他们见状捧腹大笑。

"我们还决定,"父亲继续说,"要给你一些更小的礼物,它们是版权,赋予你做某些美好的小事情的资格。"具体如下:

> 到地下世界去,并从那里回来(me),
> 爱的艺术(me),
> 摩挲身体(me),
> 歌与诗(me),
> 内心的喜悦(me)。

年纪最大的父亲从抽屉里取出一沓文件,用指尖把它推到伊南娜面前。

"那我拿走啦!"我的伊南娜说道。她把文件塞进行李箱里,行李箱激动得直喘气,把嘴巴张得更大,拉链吱呀作响。一件再平凡不过的物品也能如此贪得无厌?

但这还没完,显然,啤酒稀释了神漆黑浓稠的血液,现在血液流动起来,展现出激情与活力,连打嗝的声音也更欢快。

会计接着说:"你还会拥有这几样东西。"

做判决㊛,
做决定㊛,
口齿伶俐㊛,
机灵㊛,
智能㊛。

"那我拿走啦。"我的伊南娜说道。

"请笑纳,这个,还有这个。"父亲把每一沓文件都掏出来,看了一眼标题,然后递给女儿,"小酒馆㊛,小餐馆㊛,集市㊛。"

"噢,我曾向某个人承诺过,正好派上用场了。那我就不客气了!"

"娼妓㊛。"

"行吧。"伊南娜一下子把所有文件揽走,看都不看一眼。

"神庙㊛,礼貌㊛,旅行㊛,工艺㊛,聚精会神㊛,确立节日㊇,恐惧-惊吓-难堪㊇,繁衍㊇,持有武器㊇,明智的建议㊇……"

亲切慈祥的父亲用手指蘸了蘸唾液,翻找着公文包里的文件。说实话,他本该按照字母顺序排列的。也许他当时头脑不清醒吧。现在,一张张文件页欢快地满天飞舞,扇动着纤维素做的翅膀。

"讲故事㊇,生育㊇,给乐器调音㊇,育儿㊇,老男人的智慧㊇和老女人的智慧㊇,年轻男子的好斗㊇,年轻女子的细心㊇,敏感的耳朵㊇,叛乱权㊇,多灾之地㊇……"

啤酒喝得越多,就越多㊇被放到行李箱里,行李箱一直大口喘气,已经撑肠挂肚了。得用绳子才能把箱子合上。我坐在一旁,滴酒不沾,我没有加入欢声笑语中。每当神酗酒并失去意识时,总会有大难降临。

城市已经知道了,城市已经在庆祝了。通过敞开的窗户,连这里都能听到市民的欢呼雀跃,笛声宛转清脆,鼓声响彻云霄。黄昏来临之时,细长苗条的烟花腾空而起。

透过高大的窗户可以欣赏这些烟花,其中一些如同镜片,可以瞥见城市最不起眼的小巷子——没错,万人空巷,人人无不在庆祝。

"我们得走了。"我对伊南娜说,牵起她的手。

伊南娜心不在焉地看着我,她玩得乐不可支。现在,她再次举杯敬酒。一旁的用人把主人餐桌上的残羹剩菜撤走,他们自始至终都摆出一副不以为意的样子,默默地观察着这一切,对于他们来说,谁来管理城市,一点都不重要。

"那我就拿走这个啦,谢谢。"伊南娜不断重复同一句话,"这个我也拿走。"

"我们得走了。"我仍不放弃,扯着她的袖子。

"好,还有几个◉,还有这个和那个。"我听见她的笑声,这么久以来,我第一次听见她笑得如此响亮、欢快,看来她是真的享受今晚的宴席。诸父也在哈哈大笑,但我不认为这有什么好笑的。我能感到空气中弥漫着一股压抑已久的怒气,它被煮得十分软糯,被研磨成碎末后,混入肉酱中。我能感到某种失望被搅拌进辣根肉汁里,被伤害的自尊心连同奶酪被小竹签串在一起,旁边还有些酸豆装饰。也许,是我弄错了。分析法在这里派不上用场,因为神是没有内心世界的,心理学家也帮不上忙;在上面的,也在下面,在里面的,也会在外面——

这就是真相的全部。无论哪个安娜·盖什提,都无法解释神的梦。神都梦见了什么?世界。盖什提南娜,来,给我们解释下世界吧。

行李箱的拉链关不上了,我把扎头发的丝带扯下来,用它紧紧地捆住行李箱,我轻轻碰了碰伊南娜的手。我们必须走了。

我看见,恩基和她道别的时候,把她的头拥进怀里,同时在她的耳边说了几句悄悄话,但咬字十分吃力,因为他的舌头已失去弹性,直打结。

"死了之后是怎样的?"他问,"告诉我,死了之后是怎样的,死亡意味着什么?意味着什么:无?"

清晨时分,我们经过空无人烟的栈道,再搭乘电梯,回到下面的人群中。电梯里堆满了五颜六色的垃圾、纸花、残破干瘪的气球、鞭炮屑。从远方传来音乐的嘟嘟声、笛声、鼓声还有铃声。自伊南娜归来后,城市已经尽情狂欢了好几天。但这仅仅是节日庆典的前奏。

"你去告诉大家,告诉市民们,让他们今天都别睡觉了,让他们起床,让他们继续狂欢,把他们都叫过来,我给他们看看这些。让他们都聚集在主干道上,平台上,我给他们看看,我们拥有了什么。"伊南娜吩咐白皮车夫,他拖着身子,跟在我们身后,还没品尝够胜利的喜悦。他的小轮子每驶过人行道的焊接处,就会演奏出舞动的节奏。但是,在同一时刻,一阵喧哗传到我们耳边:原来是诸父的侍从追赶过来,就是那些眼睛闪光的、长着疾速橇板的仆人,他们全副武装。我赶紧护住伊南娜,伸出手,他们见这架势,便刹住了。

"怎么了?"我的伊南娜、我的安娜·尹问,"我们忘拿什么东西了吗?还是有什么不符合礼节的地方?我们没吃完,没喝完啤酒?"

当然不是。与这些都无关。仆人的橇板嗖嗖地摩擦着地面,嘟嘟作响,他们感到非常难堪。是这样的,父亲他稍微清醒了以后,发现抽屉空空如也。

"做决定(me)?小酒馆(me)和小餐馆(me)?礼貌(me)和旅行(me)?它们在哪?它们都跑哪儿去了?"他问道。

仆人们吓得舌头直打结。

"亲爱的父亲,你把所有的东西都给伊南娜了。"

"确立节日(me)?持有武器(me)?明智的建议(me)?都跑哪儿去了?"他大喊起来。

"你把它们都给了伊南娜。"

"神庙(me)?智能(me)?口齿伶俐(me)?"他边问,边露出难以置信的表情,看似他还没从海量的啤酒里缓过气来。

"全给她了。"他们说。

于是,他下令,让他们赶紧追上我们,把我们带回去。为的是重新谈判——他是这样表达的。此外,不排除使用武器的可能性。

爱管闲事的人群纷纷聚拢,饶有兴致地听着这个故事。虽然他们醉意未尽,眼神迷离,但还是很认真地盯着我们。圆帽和口罩、马戏团里的高跷,鼻子紧贴着玻璃窗,老千、舞女、骑士和公爵、羊身人面、狼和长颈鹿——都在听着这场对话。

因此,我,每一位讲故事的人,如果有必要的话,会身先士卒,替她挡子弹。我往前挪了挪身子,离仆人只有一步远,挡住伊南娜,还有她那快被撑破的行李箱,后者正激动得叽叽叫。我给这些管家看了下我的空手掌,拇指指着我身后,仿佛我身后的千军万马正严阵以待。噢,有一瞬间我甚至觉得,我听到了盾牌碰撞的铮铮声,长矛和长枪的锵锵声,皮套摩擦的沙沙声,以及小车的吱吱作响,车上拉的重型机枪像婴儿一样打着盹儿。

是时候要给这个故事写个结局了。我们已经陷得太深了。我已筋疲力尽。我慢悠悠地说,仿佛在背诵儿时的诗歌:

"父亲出尔反尔,言而无信。泼出去的水,还想收回。礼已送出，悔之晚矣。立下规则，却不承认。算什么君主？你们都是证人，你们都亲眼看见。难道可以收回既出之言吗？他把所有的ME都给了伊南娜，她现在要把它们送给这里的人们。现在已经不能走回头路了。你们把这番话转达给他吧。"

戴着面具的群众站在我们这一边，现场群情汹涌，每个人都在加油鼓劲：

"她说得太有道理了！给了，又想收回，这算什么父亲啊！"

这些可怜的、眼睛发光的仆人十分难堪，左右脚，或是左右橇板换着站立，气势逐渐被压倒，甚至有点羞愧；他们手中的武器——水管、水龙头、刷子、冰钳、打蛋器，都在哐当作响。

这时，一个身着皱巴巴的黑色燕尾服，头戴高顶礼帽，浑身撒满彩色纸屑的魔术师在人群里发声：

"别管这事了。你们跟着我们一起去玩吧，别浪费时间了，别忘了现在是节日庆典！"

眼睛发光的侍从仍十分犹豫，心里直嘀咕。他们当中有一人往前走了一步，但很快被同伴拽着制服边拉了回去。他们一排接着一排，喧嚷不止，紧接着，笔直的队伍开始弯曲，现在已回天乏术，整个队列都崩塌了。我们如同巨型军舰，开入城市。

二十一　伊南娜

这里就是城市的主栈道,四面八方,皆是空中花园,金属的心脏。正是在这里,园丁精心栽培长有巨大叶片和粗壮根茎的植物。而这些是灯笼,它们微弱的光线模拟着天上的繁星,仿佛把它们搬到了地上。这位是园丁,他的衬衫洁白无瑕,天真烂漫,而旁边这位是宁舒布,她用绳子牵着行李箱。这位呢,是伊南娜——她强壮有力的肩膀高高耸起,胳膊仿佛装满力量的细长水罐。这些是市民,放眼看去,人群五颜六色,他们把桁架、人行道、站台和小桥挤得水泄不通。而我在这儿,恩赫杜安娜,浴场里的女人,每一位记录的人,每一位把记忆镌刻在黏土上的人。

安娜·尹、尹·安娜，伊南娜，我看见你时，你的肩膀高高耸起，这是胜利的姿态。我见证了你的诞生——你生于铁，生于钢，生于布满沙砾的荒漠，生于热腾腾的沙。一个高大的、快活的、裸露着胸膛的姑娘，橄榄肤色的母亲，嬉笑的姐妹，在粉红房间里摆弄娃娃的少女，头发紧紧扎成无数条小辫子的睿智女儿，为自己臀部的力量而骄傲的妻子，刚柔相济、善良体贴的小女孩。一个给每家每户门前的流浪猫喂食，并与植物交谈的老奶奶。我见证了你的怒火，你的冲动。我见证了，你是如何歌唱，如何哭泣，如何尖叫，又如何细语。我看见，你是如何毁灭一切。我见证了，你是如何把破碎的东西重新糅合在一起，特别是那些和灰烬混在一起的东西——豆的种子，链子断裂后滚落的珠子。我见证了，你是如何踏上旅途，在路边遗留下一双又一双磨破了的鞋。你是如何踏足冰之宫殿，以寻找爱人。我见证了，你是如何寻找，又是如何找到，如何摔倒，又是如何爬起来，如何归于尘土，又如何在硬石里重生。我见证了，你是如何高举火炬，如何身着丧服。如何把布撕开做绷带。

我见证了，你是如何指挥作战，如何一挥手就把钢铁子弹击碎，他们是如何惧怕你的怒吼。我看见，你是如何扶着正在分娩的产妇的肩膀，如何把新生儿额头上的血渍擦掉，你是如何给刚出生的孩子献上厚礼。你在北方的森林里用骨头建的房子,你烤面包的炉子,你在沙漠上留下的孤独足迹,你的山峰,你的山谷,你的溪流,浑浊的池塘,茅草屋,扫帚,你的肚皮舞,裸露的胸膛,你的血液,你黝黑的脸庞正中央那道长长的疤痕。

跑,逃,安定和安抚——是你的。流浪,赶路,起身和摔倒——是你的。在大地上开辟道路和小径,为旅途安排静谧、舒适的休憩之地——这一切都是你的。撼动大地,又重新让它稳定——是你的。毁坏,建立,在地图上抹去和设计城市——是你的。把女人变成男人,把男人变成女人——是你的。欲望和激情,商品与财产——是你的。利润,收益,财富和破产——是你的。看,抉择,容许和监控——是你的。分析后再融合——是你的。仁心和怜悯——是你的。男性和女性的美德,崇高的地位,守护天使,守护神,教堂和神庙——是你的。小广场和公园,大学和图书馆。有记录的书页,等待记录的书页,以及被烧毁的、无法辨识的书页。字,词,句和段。人类情侣,友谊,姐妹和兄弟情谊——是你的。离与合——是你的。建房子,闺房,衣柜、抽屉里的东西,轻吻孩子的脸颊。疏忽与关心。伸和缩。充满希望和希望落空。把强大、残忍变成软弱、无力——是你的。把软弱、无力变回强大、残忍——

是你的。

　　追赶,渴望和获得——是你的。缩小,扩大,降低,增宽,收窄——是你的;册封,编律令,诬蔑,撒谎;扭曲,讥笑,戏仿,夸张——是你的。真实的和虚假的回答,睿智的和愚蠢的问题。没有答案。嘲弄,威胁,暴行,揶揄和使人忧愁,霉运和哀悼。启蒙和蒙昧,冲突与和平,恐惧和辉煌,胜利和疾病,失眠和疲惫,投降和获胜,战斗的胜与负。

二十二　沙

没有东西会一直维持自己的形状。每一种秩序，一定都不能一直维持下去——无论是神的，还是人的。城市最终会变得脆弱不堪，分崩离析为微小的片段、部分和碎屑，从它们身上，已经看不出整体了；大漠的沙子将覆盖它们，数十亿颗未来的种子。

它们生根发芽，变成人，这些人重新与世界——与天气、风、太阳、月亮和雾——建立起柔情的依存。他们将开始在北方建立新的城市。理智将再度苏醒，沾沾自满的理智，察觉不到一切窃窃私语的理智，而且它像一位如树干般闭目塞听的家族长老——以创造出新的理论，发明出新的药片，这种药片能对抗恐惧和不安，但不能对抗死亡，伊南娜啊。

作者后记

在本书写作过程中,我参考了以下文献:

首先,数量庞大、至今仍被陆续译成英文的泥版书①文本库;据我所知,这是目前同类最大的电子图书馆——苏美尔文学电子文本语料库(The Electronic Text Corpus of Sumerian Literature)。

克里斯蒂娜·莎任斯卡(Krystyna Szarzyńska)美妙动人的波兰语译著《苏美尔神话》(*Mity sumeryjskie*, Wydawnictwo Agade, Warszawa 2000)。

众多苏美尔文学作品的发现者和译者萨缪尔·诺亚·克

---

① 指古代西亚地区的一种文字记录。因书写于泥版上得名。初为苏美尔人采用,后扩展到伊朗高原以西的广大区域。——编辑注

拉莫尔(Samuel Noah Kramer)与神话学家、荣格学派心理学家黛安·沃克斯坦(Diane Wolkstein)的合著《伊南娜：天地之女王》(*Inanna, Queen of Heaven and Earth*, Harper and Row Publishers, New York 1983)。

贝蒂·德·尚·梅德尔(Betty De Shong Meador)关于"世上第一位署名作者"恩赫杜安娜的专著《伊南娜：心胸最宽广的女神》(*Inanna, Lady of Largest Heart*, University of Texas Press, Austin 2001)。

以及卡尔·科勒尼(Karl Kerény)的作品，他的知识、博学以及天才般的归纳能力一直以来都让我感到由衷的钦佩与惊叹。

同时，我想感谢金伽·杜宁(Kinga Dunin)、阿勒克·拉多姆斯基(Alek Radomski)以及兹比谢克·克鲁辛斯基(Zbyszek Kruszyński)对本书初稿提出的宝贵意见。

诺贝尔文学奖授奖辞

尊敬的国王和王后陛下，尊敬的各位殿下，尊敬的诺贝尔奖得主们，女士们，先生们：

波兰文学在欧洲上空熠熠生辉——数次荣膺诺贝尔奖，如今，又出现了一位享誉全球、博识非凡、诗情与幽默并蓄的诗人。作为欧洲大陆的交会地——或许是心脏地带——波兰向奥尔加·托卡尔丘克展现了屡遭列强凌辱的受难历史，同时也暴露了自身的殖民主义和排犹主义历史。面对难以接受的真相，她没有退却，哪怕受到死亡的威胁。

她运用观照现实的新方法，糅合精深的写实与瞬间的虚幻，观察入微又纵情于神话，成为我们这个时代最具独创性的散文作家之一。她是位速写大师，捕捉那些在逃避日常生活的人。她写他人所不能写：世间那痛彻人心的陌生感。《云游》笔法变化多端，精彩地描写了人们来往中转大厅和宾馆的经历，与素昧平生者的相逢，还有大量来自字典、神话和文献的元素。她围绕着自然-文化、理性-疯狂、男人-女人的两极旋转，像短跑运动员一样跃过社会和文化虚构起来的边界。

她的文风——激荡且富有思想——流溢于其大约十五部的作品中。她笔下的村落是宇宙的中心，在那里，主人公独特的命运交织于寓言和神话的图景中。我们在他人的故事中生生死死，举例说，卡廷既是生养不息的森林，也是惨绝人寰的屠场。

"我写作是将意象诠释成文字。"从这些意象里衍生出毁灭性的历史和世俗的经历片段，构成了她的伟大作品《雅各布之书》，使其成为一部流浪汉小说以及展现 1752 年前后动荡时期的全景式作品。

这部作品是不同观念的历史，也是宗教的历史，是时间和玄学、迷信和疯狂的强烈结合。作品中沙龙、祷告会和人物如此生动鲜活，仿佛托卡尔丘克刚在街上与之相遇。她极尽笔墨描写乡间庄园、修道院和犹太人家的室内装饰，衣服、园艺、菜单应有尽有。特别是，她让默默无闻的女人成为活生生的个体,让悄然无踪的仆人发出自己的声音。

宗派领袖雅各布·弗兰克是位极富魅力的神秘主义者、操纵者、骗子,也是反抗上帝的叛乱者。他挑战当前的秩序,尤其质疑女性的屈服。他率领跟随者——弗兰克派众——想要打造一个新世界。这也正是纳粹要消灭波兰的根本原因。乌托邦是取代我们历史记忆的危险诱惑。然而,我们从未见过弥赛亚,见到的只有伪造者和骗子。

这部作品中蕴含着托卡尔丘克对犹太传统的继承,透露出她对欧洲知识无国界的期望。通过十八世纪的波兰,她看到了可与后来时代的纳粹主义和其他主义类比的现象,甚至看到和当前右翼民粹主义者一样的人,用她的话来说,这些人就像儿童读物讲英雄和叛徒的故事那样说起一个国家的过去。但是,她说:"没有历史,只有人的生存。"

《雅各布之书》讲述了非凡的故事。关于邪恶、上帝和未来的重大问题交织在看似平淡的描写中,托卡尔丘克运用她感性的想象力,反复打磨咖啡研磨器,使它成为时间的磨床、现实的自转轴。后来人会重识奥尔加·托卡尔丘克的千页奇迹,去发现其中我们当今尚未能全然探知的丰富宝藏。我看见阿尔弗雷德·诺贝尔在天堂友好地点头称许。

托卡尔丘克女士,瑞典学院向您表示祝贺。请从国王陛下手中接过您的诺贝尔文学奖。

(吕洪灵译)

温柔的讲述者

——在瑞典学院的诺贝尔文学奖受奖演讲

一

我有意识以来记住的第一张照片是我母亲的照片,那时的我还没有出生。那是张黑白照,上面的好多细节都模糊了,只剩下些灰色的形状。照片上的光很柔和,有些雨雾蒙蒙的感觉,可能是透过窗户的春日光线,在勉强可见的光亮中营造出一室宁静。妈妈坐在一台老旧的收音机旁,收音机上有个绿色的圆形开关和两个旋钮——一个用来调节音量,另一个用来搜索频道。这台收音机后来成了我的童年玩伴,我就是从那里获得了关于宇宙存在的最初认知。转动硬橡胶旋钮,就可以轻轻地拨动天线指针，找到好多个电台——华沙、伦敦、卢森堡或者巴黎。不过有时候声音会消失，就好像布拉格和纽约之间、莫斯科和马德里之间的天线掉进了黑洞。这时我就会颤抖。那时的我认为，是太阳系和其他星系在通过电台跟我说话，它们在那些吱吱啦啦的杂音中给我发来讯息，可我却不会解码。

那时，我还是个几岁的小姑娘，看着这张照片，我觉得妈妈拨动旋钮的时候就是在找我。她就像个敏感的雷达，在无穷无尽的宇宙空间里搜索，想要知道，我什么时候、从哪儿来到她的身边。从她的发型和穿着（大大的船形领）可以看出，照片是二十世纪六十年代初拍的。她微微驼着背，望向镜头之外，仿佛看到了一些看照片的人看不到的东西。那时，作为孩子的我觉得，她已超越了时间。照片上什么也没发生，拍摄的是状态而非过程。照片上的女人有点忧伤，若有所思，又有点不知所措。

后来我问起过妈妈这份忧伤——我问过好多次，就为了听到同样的答案，妈妈说，她的忧伤在于，我还没有出生，她就已经想念我了。"可是我都还没来到这个世界，你又怎么想念我呢？"我问妈妈。"那时候我就知道，你会想念你失去的人，也就是说，思念是由于失去。"

"但这也可能反过来。"妈妈说,"如果你想念某人,说明他已经来了。"

这些发生在二十世纪六十年代末波兰西部乡村的简短对话,我的妈妈和她的小女儿的对话,永远地印刻在了我的记忆中,给予我一生的力量。它使我的存在超越了凡俗的物质世界,超越了偶然,超越了因果联系,超越了概率定律。它让我的存在超越时间的限制,流连于甜蜜的永恒之中。通过孩童的感官我明白,这世上存在着比我想象的更多的"我"。甚至于,如果我说"我不存在",这句话里的第一个词也是"我在"——这世界上最重要,也是最奇怪的词语。

就这样,一个不信教的年轻女人,我的妈妈,给了我曾经被称为灵魂的东西——这世上最伟大的、温柔的讲述者。

二

世界是一张大布,我们每天将讯息、谈话、电影、书籍、奇闻、轶事放在一架架纺布机上,编织到这张布里。现如今,这些纺布机的工作范围十分广阔——互联网的普及让我们每个人都可以参与到这个过程中去,无论工作态度是否认真,对这份工作是爱还是恨,为善还是恶,为生还是死。当这个故事发生了改变，这个世界也随之改变。就此意义而言，世界是由言语组成的。

我们如何思考世界，以及也许更为重要的，我们如何讲述世界——有着巨大的意义。如果没有人讲述发生的事，那么这件事情就会消失、消亡。关于这一点，不仅历史学家清楚，而且（或许首先）所有的政治家和独裁者都清楚。有故事的人、写故事的人，统治着这个世界。

我们认为，今天的问题在于，我们不仅不会讲述未来，甚至不会讲述当今世界飞速变化着的每一个"现在"。我们语言匮乏，缺乏观点、比喻、神话和新的童话。我们见证着那些不合时宜的、老旧的叙述方式在如何试图进入未来世界，也许人们会认为，老的总比没有来得强，或者用这种方式应对自己视野的局限。一言以蔽之，我们缺乏讲述世界的崭新方式。

我们生活在一个多主角的第一人称叙述的现实之中，身边充斥着四面八方的杂音。我说的"第一人称"，指的是一种叙事方式，创作者或多或少地只写自己，将故事置于一个以"我"为中心的狭小范围之中。我们把这种个人化的视角、这个"我"当作是最自然、最人性化、最真实的表达，哪怕这种表达放弃了更为宽广的视域。以这样的第一人称来讲故事，就好像在编织一种与众不同的花纹，独具一格。在这个时候我们觉得自己是独立自主的,对自己和自己的命运都无比清醒。但这也是在把"我"同"世界"对立起来,这种对立使得"我"被周遭世界边缘化。

我想,第一人称叙事是一种颇具特色的叙事方法,反映了个体成为世界的主观中心这一现代观念。很大程度上,西方文明建立于对"我"这个现实最重要的维度之一的发现。人在这里是主角,而人的观点被认为是最重要的。用第一人称写作故事是人类文明的最重要发现之一,充满着仪式感,令人信服。我们以"我"的眼光看世界,以"我"之名听世界,这样的叙事在读者和讲述者之间建立起联系,把讲述者放置在了一个独特的位置之上。

但是我们也不能过度评价第一人称叙事为文学和人类文明做出的贡献。以前的叙事将世界描述为一个英雄和神灵活动的场所,对此我们毫无影响力。而第一人称叙事讲述普通如我们的人的故事。此外,我们这样的人之间很容易相互认同,因此在故事的讲述者与读者或听众之间,便产生了基于共情的情感共识。第一人称叙事很容易拉近作为讲述者的"我"和读者的"我"之间的距离,而小说更寄希望于消除这种距离,让读者因为共情在某一段时间里成为讲述者。文学成了交换经验的园地,一个像罗马广场一样的地方,每个人都可以表达观点,或是让第二个"我"替我发声。人类历史上恐怕从未有过这么多人同时写作和讲述。这一点我们只要看看统计数据就够了。

每次去参观书展,我都能看到很多以第一人称写作的书。表达的本能——也许和其他构建着我们生活的本能一样强大——最完整地出现在了艺术之中。我们希望被关注,希望自己是独一无二的。"我告诉你我的故事""我告诉你我家的故事",抑或"我告诉你,我去过哪儿",这样的讲述方式在今天是最流行的文学形式。人们之所以热衷于这种叙述方式,还在于今天我们每个人都会书写,很多人掌握了写作这个曾经只是少数人用语言和故事表达自己的技能。矛盾之处在于,这看起来如同一个由众多演唱者组成的合唱团,彼此的歌声相互遮盖,大家争着求关注,做同样的动作,走类似的路,最后相互遮蔽。尽管我们知道他们的一切,对他们的经历感同身受。然而读者的体验却常常出人意料地不完整和令人失望,因为作者"我"的表达并不能保证尽显文字的普遍性。我们缺少的似乎是故事的隐喻维度。隐喻小说的主人公是他自己,一个生活在一定的历史或地理条件下的人,同时又远远超出了这个特定的范围,变成了无处不在的人。当读者阅读小说中描写的某个人的故事时,他可以认同这个人的命运,并将他的处境视为自己的处境。在隐喻小说中，读者必须完全放弃自己的个性，并成为这个人。这是一个对人的心理要求很高的过程。在这个过程中，隐喻小说找到了各种命运的共同点，使我们的体验普遍化。遗憾的是，当今的文学缺乏这种隐喻性，这恰恰证明了我们的无能为力。

许是为了不被湮没在题目和名字里，我们开始将如利维坦般庞大的文学划分为不同的体裁，就像我们区分体育项目一样，而作家们则是不同项目的运动员。

文学市场的商业化把文学分成了不同的门类，培育出了热爱侦探故事、奇幻文学、科幻小说的读者群体，由此产生了各种各样内容完全独立的书展、文学节。这种局面原本是为了方便书店店员和图书管理员有条不紊地摆放书架上的大量图书，便于读者从浩如烟海的书籍中找到自己感兴趣的作品，现在这却成了一种抽象的分类法。不仅现有的图书被人为地划分，作家也开始按照这种分类法写作。作品的类型化越来越像制作蛋糕的模具，产出的都是类似的产品。它们的可预见性为人称道，即使缺乏新意也被当作成功。读者知道他会读到什么，也的确会读到他想读的东西。我在潜意识里就反对这样的秩序，因为它限制了写作的自由，抑制了实验性的、打破常规的念头，而这些才是创作的本质。这种秩序还将离经叛道赶出了创作过程，但是一旦没有了离经叛道，就没有了艺术。一本好书，不是必须要与某种体裁相符合。对文学作品进行分类是文学商业化的后果，是将文学当成品牌、目标等当代资本主义市场化运作产物的结果。

应该感到满意的是，我们见证了系列电影这种新的讲述方式的诞生，它的隐藏任务就是将我们带入忘我之境。诚然，这种叙事方式早已存在于神话和荷马史诗当中，赫拉克勒斯、阿喀琉斯和奥德修斯毫无疑问就是最早的系列剧的主角。只是在以前，这种模式从未有过如此广大的空间，也未对集体想象产生过如此重要的影响。二十一世纪的前二十年是属于这种模式的。它对我们讲述世界、理解世界的方式产生了革命性的影响。

今天，系列故事不仅通过生发各种节奏、分支和角度，延长了叙事的时间轴，还构建了新的秩序。很多时候，系列故事的任务就是尽可能长时间地黏住读者——系列叙事会不断增加线索，把这些线索以一种不可思议的方式交织在一起，在陷入迷局之时又回归到古老的叙事方式，就好像古希腊歌剧中的"天降神兵"。设计接下来的剧集的时候，往往为了同正在发生的事件相符，需要临时改变人物的整个心理状态。一开始温和、冷淡的人物，最后会变得仇恨、暴戾，配角会成为主角,而我们密切关注的主角却不再重要或者干脆令人无比惊愕地消失了。

总是会有下一季,于是故事结局必须得是开放式的,读者永远没机会感受到神秘主义的"卡塔西斯"①,无法体会内心变化、自我实现和参与小说情节所带来的满足感。复杂的、无尽的,"卡塔西斯"式的情绪"净化"所能带来的满足感不断被延迟,这样的观感令人上瘾和痴迷。这种"寓言连载"的方法很早以前在《天方夜谭》里就被使用过,现在又回到了系列作品的叙事之中,改变了我们的敏感度,带来了奇怪的心理反应,使我们脱离了自己的生活,痴迷于"追剧"带来的兴奋感。同时,系列作品进入了崭新广阔而又混乱的世界节奏之中,成为这个世界混乱的交流、不稳定性和流动性的一部分。这种叙事方式可能正在最具创造性地寻找今天新的艺术公式。从这个意义上讲,系列作品正在认真研究未来的叙事,使故事适应新的现实。

然而最重要的是,我们生活在一个信息相互冲突、排斥、针锋相对的世界之中。

我们的祖先认为,知识不仅会给人带来幸福、繁荣、健康

---

① 宗教术语,意为"净化"或"净化说"。

和财富，而且会创造一个平等和公正的社会。他们认为世界缺乏的是知识带来的普遍智慧。十七世纪一位伟大的教育家扬·阿莫斯·考门斯基①创造了"泛智主义"这个概念，表示可能获得的全知和普遍知识，这种知识包括所有可能的认知。最重要的是，这也是有关每个人都能获得知识的梦想。获取有关世界的信息是否会让大字不识的农民变成一个有意识地反思自己和世界的人？唾手可得的知识是否会使人们理智而富有智慧地生活？互联网的产生令我们觉得，这些想法似乎终于可以完全实现。我很赞同并且支持的维基百科在考门斯基以及很多同一流派的思想家看来，似乎就意味着人类梦想的实现——我们几乎在世界的任何地方创造并获取不断被补充、更新和可用的大量知识。

但是梦想成真常常使我们失望。我们发现自己无法承受如此巨大的信息量，它们并未经历从总结、概括、释放到区别、分割和封闭的过程，而是创造了许多彼此不相容甚至敌对的、令人反感的故事。

此外，互联网不假思考地遵从市场进程的影响，替垄断玩家控制着庞大的数据量。这些数据并未被广泛用于知识的获

---

① 扬·阿莫斯·考门斯基（1592—1670），捷克教育家、哲学家和文学家，一生有两百余种著述，主要文学作品有《世界的迷宫和心灵的天国》等。

取,而是为研究用户行为的程序服务,剑桥分析公司（Cambridge Analytica）①丑闻就充分说明了这一点。

与期盼之中的世界和谐相反,我们听到的多是刺耳之声。我们在难以忍受的杂音中拼命寻找那些最柔和的旋律,甚至是最微弱的节奏。莎士比亚的名言比以往任何时候都更符合这种尖锐的现实：互联网如痴人说梦,充满着喧哗与骚动。

政治学家的研究却与扬·阿莫斯·考门斯基的直觉背道而驰。考门斯基认为,政治家对世界的了解越广泛,就越会理性地做出审慎的决定。但是看起来事情并不是这么简单。知识可能是压倒性的,但它的复杂性和模糊性塑造出了各种各样的防御机制——从否认、压制逃脱到简化的、意识形态化的、党派化的思考原则。

假新闻和捏造事实等种类的文字提出了一个新的问题——什么是虚构。多次被欺骗、误导的读者正在慢慢获得一种特殊的、神经质的敏感特质。非虚构小说的巨大成功可能正是人们对这种虚构文学产生的疲劳反应。在今天如此巨

---

① 英国一家大数据分析公司。2018年3月17日,《纽约时报》和《观察家报》等一齐爆出消息,该公司曾效力于特朗普总统竞选,并将大量用户隐私用于影响大选。这一丑闻使得该公司声名狼藉。

大的信息混沌之中，非虚构文学在我们的头顶呐喊："我来告诉你们真相，只有真相。""我的故事源于事实！"

谎言成了大规模杀伤性武器，虚构小说因此失去了读者的信任，即使它仍然是一种原始的艺术工具。我经常遇到质疑我作品真实性的问题："您写的都是真的吗？"每当这个时候我都会觉得，这个问题本身就预示着文学的终结。

从读者的角度来看，这是一个无辜的问题，但作家听起来确实很可怕。我又该如何回答？我该怎么解释汉斯·卡斯托普①、安娜·卡列尼娜或维尼熊的本体论地位呢？

我认为读者的这种好奇心是文明的退化。它损害了我们多维度地（具体的、历史的、象征的、神话的）参与由一系列事件构成的生活的能力，参与被称为生活的事件链的能力。生活是由事件创造的，但只有当我们能够解读它们，尝试理解并赋予它们意义时，它们才会成为经验。事件是一种事实，经验却是一种难以言表的其他东西。是经验，而非事件，构成了我们生活的素材。经验是一种被解读并留存在记忆中的事实。它还意指我们心中的某种基础的、有意义的深层结构，我们可以在这种结构的基础上，扩展自己的生活并对此仔细研究。

---

① 托马斯·曼长篇小说《魔山》中的主人公。

我相信，神话就发挥着这样的结构性作用。众所周知，神话从未发生过，但它总在发生着。今天，神话不仅存在于古代英雄的历险记中，还体现在现代的电影、游戏和文学作品之中。奥林匹斯山众神的生活被移至王朝之中，而主角们的英雄事迹则由劳拉·克劳馥①演绎。

在真假的尖锐对立之中，由文学创作讲述的我们经验的故事，具有其自身维度。我从不热衷于对虚构和非虚构进行简单划分，除非我们认为这种划分是口号性的。在浩如烟海的关于虚构小说的众多定义中，我最喜欢的是最古老的、亚里士多德的定义：虚构总是某种事实。

我也非常信服作家、散文家爱德华·摩根·福斯特对情节和报道的区分。他曾经写道，当我们说"丈夫死了，然后妻子死了"时，这是一种报道。当我们说"丈夫死了，然后妻子伤心而亡"时，这就是小说。每种情节化的处理都是我们从"接下来发生了什么"这个问题过渡到试图根据人类经验来理解"为什么会这样"。

文学开始于"为什么"，即使我们习惯于不停地用"我不知道"回答这个问题。因此，文学提出了维基百科无法回答的

---

① 著名动作冒险类电子游戏《古墓丽影》系列及相关电影、漫画、小说中的人物。

问题，因为它不仅限于事实和事件，还直接涉及我们的经验。

但是，在其他叙事方式面前，小说和文学可能已经整体上变得相当边缘化了。影像、电影、摄影、虚拟现实和增强现实体验等新型直接传播体验的媒介，将成为可以替代传统阅读的一系列重要形式。阅读是一个非常复杂的心理感知过程。简单地说，首先，将最难以捉摸的内容概念化和口头化，转换为文字和符号，然后从语言"解码"回到经验。这需要一定的智能。最重要的是，它要求我们的关注和专注，而在当今这个注意力极度分散的世界中，这项技能变得越来越罕见。

在传递和分享自己的经验方面，人类走过了很长的路。起初人们依赖鲜活的文字和人类记忆进行口头表达，到谷登堡革命①时，故事通过写作广泛传播并得以编纂和永久保存。这一变化的最大成就在于，我们开始通过写作来认识思维，思想、类别或符号成为这一过程中的特定方式。如今，当无须借助印刷文字就可以直接传递经验的时候，我们明显面临着一场同样重大的革命。

当我们可以拍照并将这些照片上传到社交网站，或者发送给这世界上的每一个人的时候，我们就没有写旅行日记的

---

① 指德国发明家约翰·谷登堡（1400—1468）发明的活字印刷术导致的媒体革命。

需要了。当打电话变得容易,我们就不再写信了。如果能看电视连续剧,为什么还要读大部头的小说呢?与其出去和朋友玩耍,不如自己玩游戏。看某人的自传?没意义,因为我在"照片墙"(Instagram)上关注名人的生活,而且了解他们的一切。

二十世纪的我们还在担心电影电视的影响,而今天图像已非大敌。这已完全是另外一个维度的经验在直接影响着我们的感官。

三

关于世界的讲述正面临着危机,我不想对此勾勒任何整体看法。但我常常感到,这世界缺点什么东西。我们透过屏幕、通过应用程序感知世界,尽管获得每个具体信息都不可思议地便利,但这个过程变得虚幻、遥远、双重维度、难以描述。如今,人们爱用"某人""某物""某处""某时"这样的表述,这其实比我们绝对肯定地讲出具体观点更危险。哪怕我们说,地球是平的,疫苗会杀人,气候变暖是胡扯,民主在很多国家并未受到威胁。"某处"淹没了某些试图穿越大海的人。"某段时间"以来,"某场"战争在"某处"发生着。在信息的洪流中，个别化的消息失去原本的轮廓，消失在我们的记忆中，变得不再真实。

泛滥成灾的暴力、愚蠢、残酷和仇恨被各种"好消息"中和，但它们无法掩盖一种难以形容的感觉：这个世界出了问题。这种感觉曾经只属于神经质的诗人，如今却已成为人群中普遍存在的一种不确定性和焦虑感。

文学是为数不多的使我们关注世界具体情形的领域之一，因为从本质上讲，它始终是"心理的"。它重视人物的内在关系和动机，揭示其他人以任何其他方式都无法获得的经历，激发读者对其行为的心理学解读。只有文学才能使我们深入探知另一个人的生活，理解他的观点，分享他的感受，体验他的命运。

讲述总是要围绕着意义进行。即使讲述没有明确地表达意义，甚至有些时候程式化地逃避对意义的探求而专注于形式和实验，有时候会进行形式上的反叛并寻找新的表达方式。哪怕当我们阅读那些最行为主义的、词句简洁的故事，我们也不能不问："为什么会这样？""这是什么意思？""这有什么意义？""这会带来什么后果？"我们的思想可能会演变成一个故事，仿佛环绕着我们的数百万个刺激点被赋予了意义，即使在睡觉的时候也一直在不停地继续着我们的讲述。所以，讲述就是排列组合无穷无尽的信息,建立它们与过去、现在和未来的联系,发现它们的重复性,并将它们按因果分类。在这一过程中,理智和情感同时在工作。

讲述最早的发现之一就是命运,这一点不足为奇。命运虽然让我们觉得恐惧和不人性,但它将秩序和稳定带入现实。

四

女士们,先生们,照片上的女人,我的妈妈,在我出生前就想念我的人,几年后开始给我讲童话故事。

其中一个故事是汉斯·克里斯蒂安·安徒生写的。一个被扔到垃圾箱的茶壶抱怨自己受到了人类的残酷对待——只不过是壶把掉了,人们就把它给扔了。如果人类不是如此苛刻和追求完美,它就还能派上用场。接着其他一些坏掉了的物件挨个儿讲自己的故事,一个真正的史诗故事就这么诞生了。

我小时候听这个童话的时候,脸上沾着点心渣儿,眼睛里满是泪水,那时的我深信,每个物件都有自己的问题、感情,甚至与人类一样的社会生活。餐具柜中的盘子会相互交谈,抽屉里的刀叉是一个大家庭。动物是神秘、智慧和有自我意识的生物,精神的联系和深刻的相似性一直将我们与它们联结在一起。河流、森林、道路也有它们的存在——它们是有生命的,勾勒出我们生活空间的地图,为我们构建起一种归属感,一个神秘的空间。我们周遭的景观有生命,太阳、月亮和所有天体有生命。整个可见和不可见的世界都有生命。

我是从什么时候开始对此产生怀疑的? 我在生活中寻找着这样的一个时刻,只需一个单击,一切就变得不同,变得更细微,更简单。世界的浅吟低唱被城市的喧嚣、计算机的杂音、凌空而过的飞机的轰鸣,以及信息海洋中那令人厌烦的白色纸片给取代了。

一段时间以来,我们在生活中开始碎片化地看待世界,一切都是独立的,彼此之间隔着星系间的距离,而我们所生活的现实更向我们证明了这一点:医生分专科治病,税收与清理我们每天上班要走的路上的积雪无关,午餐和大农场无关,新衬衫和亚洲的某个破烂工厂也没什么关联。一切都是彼此独立的,毫无联系。

为了让我们接受这种现状,有了号码、身份标签、卡片、粗糙的塑料标识,这些东西让我们不再注重整体,而只关注其中的某个部分。

世界正在消亡,而我们甚至没有注意到这一点。我们没有注意到,世界正在变成事物和事件的集合,一个死寂的空间,我们孤独地、迷茫地在这个空间里行走,被别人的决定控制,被不可理喻的命运以及历史和偶然的巨大力量禁锢。我们的灵性在消失,或者变得肤浅和仪式化。或者,我们只是成为简单力量的追随者——这些物理的、社会的、经济的力量让我们像僵尸一样。在这样的世界里,我们确实是僵尸。这就是为什么我想念那个茶壶所代表的世界。

五

我一生都对相互联系和影响的网络着迷,虽然我们常常意识不到这种联系和影响,对它们的发现纯属偶然。这就好比我在《云游》中写到的那些时间、地点和命运的惊人巧合,所有的桥段、插件、衔接和黏合。我着迷于对事实的反应和对秩序的探求。我相信,实际上,作家的思想在于合成,他们坚持收集所有碎屑信息,重新将其粘合成一个整体。

那么作家该如何写作,如何构建一个足够支撑星群般庞大世界的故事呢?

当然,我知道我们无法像过去那样,通过口口相传的神话、童话和传说讲述世界。今天的讲述必须是更加多维的、复杂的。我们对世界的了解显然更多,我们深知,看似遥不可及的事物之间有着惊人的联系。

让我们看看世界历史上的一个时刻。

这一天是 1492 年 8 月 3 日,一艘名为"圣玛丽亚"的小帆船在西班牙巴罗斯港的岸边格外显眼。帆船的掌舵人是克里斯托弗·哥伦布。阳光普照,水手在码头四周闲逛,港口工人将最后一批装着储备食物的箱子搬到船上。天气炎热,但从西部吹来的微风缓和了相互告别的家人们别离的伤感。海鸥在坡道上庄严地漫步,小心翼翼地追随着人类的行为。

我们现在穿越时光看到的这一刻,造成了后来五千六百万美洲原住民的死亡。那时这些原住民的总数接近六千万,占当时地球总人口的百分之十。欧洲人在不知不觉的情况下,带来了致命礼物——美洲原住民无法免疫的疾病和细菌。同时发生的还有残酷的奴役和杀戮。屠杀持续了很多年,造成了国家更迭。在那片曾经有豆类、玉米、土豆和西红柿生长的地方,在精心灌溉的耕地上,出现了野生植被。近六千万公顷的耕地随时间流逝变成了一片丛林。

植被生长和再生的过程吸收了大量的二氧化碳,削弱了温室效应,降低了地球的温度。

这是对欧洲小冰河时代出现的情况的一种科学解释。小冰河时代在十六世纪末造成了长期的气候变冷。

小冰河时代还改变了欧洲的经济。在接下来的几十年中,寒冷漫长的冬季、凉爽的夏天和大量降雨,降低了传统农业的生产率。西欧生产粮食自给自足的小型家庭农场效率低下,出现了饥荒,生产开始需要专业化发展。英国和荷兰受气候变冷的影响最大,农业无法成为经济的主要支柱,因此开始发展贸易和工业。暴风雨的威胁促使荷兰人抽干圩田,将湿地和浅海地区转变为陆地。鳕鱼生长的范围南移,这对斯堪的纳维亚半岛造成了灾难性的打击,对英国和荷兰却是有利的——它们开始发展为海洋和贸易大国。斯堪的纳维亚国家的降温尤为严重。同绿色格陵兰岛和冰岛的连接中断,严寒的冬季致使收成减少,造成了持续多年的饥荒和匮乏。因此,瑞典对其南边的地区垂涎三尺,开始了与波兰的战争(特别是自波罗的海成为冷海以来,军队越海而至变得容易),并参加了欧洲三十年战争。

科学家们试图更好地理解我们的现实,它是一个相互关联、紧密联系的影响网络。这不仅是著名的"蝴蝶效应",即认为如我们所知,在某个过程中,最初的微小变化,在未来会产生巨大且不可预测的结果,而现在这里还有无数的蝴蝶及其翅膀在扇动,从而形成穿越时空的强大生命波。

在我看来，"蝴蝶效应"的发现标志着一个时代的结束。在那个时代，人们坚定不移地相信自己的能力、控制力，对世界的掌控力。"蝴蝶效应"并没有消减人类作为建造者、征服者和发明者的力量，却令我们意识到，现实比我们任何时候想象的都要复杂。而人不过是这些过程的一小部分。

越来越多的证据表明，在全球范围内存在着独具个性的，甚至有时令人惊讶的关系。

我们所有人——我们和植物、动物、物体——都沉浸在受物理定律支配的一个空间里。这个共同空间有着自己的形状，物理定律在其中雕刻出不计其数的、不断相互参照的形式。我们的心血管系统类似于江河的流域系统，叶片结构类似于人类的通信系统，星系的运动类似于洗脸池中水流动的漩涡，社会的演进类似于细菌菌落的变化。这个系统在微观和宏观尺度上都展示出了无限的相似性。我们的话语、思维和创造力不是抽象的，与世界分离的东西，而是其不断转变过程在另一个层次的延续。

六

我一直在想，今天我们是否可能找到一个新型故事的基础,这个故事是普遍的、全面的、非排他性的,植根于自然,充满情境,同时易于理解。

是否有这样一种讲述出来的故事,能够跳脱"我"自己缺乏沟通的封闭性,揭示更大范围的现实并展现相互关系?能够使我们远离那些普遍存在的、显而易见的、"毫无创见的观点"的中心,并且能够从中心以外的角度来审视非中心的问题?

我很高兴文学出色地保留了所有怪诞、幻想、挑衅、滑稽和疯狂的权利。我梦想着高屋建瓴的观点和远远超出我们预期的广阔视野。我梦想着有一种语言,能够表达最模糊的直觉。我梦想着有一种隐喻,能够超越文化的差异。我梦想着有一种流派,能够变得宽阔且具有突破性,同时又得到读者的喜爱。我还梦想着一种新型的讲述者——"第四人称讲述者"。他当然不仅是搭建某种新的语法结构,而且是有能力使作品涵盖每个角色的视角,并且超越每个角色的视野,看到更多、看得更广,以至于能够忽略时间的存在。哦,是的,这样的讲述者是可能存在的。

大家是否想过,这位出色的讲述者,在《圣经》中大喊着"太初有道"的人是谁?是谁写下了创世的故事、混乱与秩序分离的第一天?是谁追寻宇宙诞生发展的过程?谁了解上帝的思想,知道他的疑惑,坚定不移地在纸上写下"上帝承认这是好事"?那个知道上帝在想什么的人,是谁呢?

抛开所有神学上的疑问,我们可以认为,这个神秘而敏感的讲述者是神奇而独特的。这是一个观点,可以从中看到一切。看到所有这些,就是承认现有事物相互关联成一个整体的最终事实,即使我们还不知道这些关系具体是什么。看到所有这些也意味着对世界的完全不同的责任,因为很明显,每个"这里"与"那里"的姿态是相关联的,在某处做出的决定会对另一个地方产生影响,意即区分"我的"和"你的"开始引起争议。

因此,我们应该诚实地讲故事,以便在读者的脑海中激发整体感觉和将片段整合为一个模块的能力,以及从事件的微小粒子中推导出整个星群的能力。我们应该讲这样的故事,明确表明所有人和所有事物都能够沉浸在一个共同的想象之中,随着星球的每一次旋转,我们的脑海中都会产生这样的思想。

文学就具有这种力量。我们必须能够感知并不复杂的文学分类,高雅的和低俗的,流行的和小众的,我们要有能力不费吹灰之力地划分作品类型。我们应该放弃"民族文学"一词,因为我们深知文学世界是一个跟一元宇宙一样的单一世界，一个人类经验统一的共同的心理现实，在这个现实中作者和读者通过创作和解读，发挥出同样重要的作用。

也许我们应该相信碎片，因为碎片创造了能够在许多维度上以更复杂的方式描述更多事物的星群。我们的故事可以以无限的方式相互参照，故事里的主人公们会进入彼此的故事之中，建立联系。

我想，我们需要重新定义今天我们用现实主义理解的东西，需要寻找一种能够使我们越过自我边界、穿透我们看世界的镜像的概念。如今，媒体、社交网络和直接的在线关系，满足了现实的需求。摆在我们面前的不可避免的也许是一些新的超现实主义和重新被布局的观点，这些观点不惧悖论，面朝简单的因果关系逆流而上。哦，是的，我们的现实已经变成了超现实。我也确信，许多故事都需要在新的科学理论的启发下，在新的知识环境中重写。但是不断探索神话和整个人类想象似乎同样重要。回归到神话的紧凑结构中，可能会在今天这种不确定性中带来某种稳定感。我相信神话，这是我们心理的基石，不容忽视（顶多有可能我们没意识到它的影响）。

也许很快就会出现一个天才，他将构建一个完全不同的、今天的我们难以想象的叙事，所有重要内容都被囊括其中。这种讲述方式肯定会改变我们，令我们放弃旧的观念，向新的观点敞开怀抱。这些观点一直存在于此,但我们曾经对它视而不见。

托马斯·曼在《浮士德博士》中描写了一位作曲家,他提出了一种能改变人类思维的全新的音乐类型。但是曼没有具体描写这种音乐是什么样的,他只是提出,这种音乐听起来是什么感觉。也许这就是艺术家所扮演的角色——预先体验一下可能存在的艺术,然后用这种方法让它变得可以想象。而可以想象到的,就是存在的第一阶段。

七

我写小说,但并不是凭空想象。写作时,我必须感受自己内心的一切。我必须让书中所有的生物和物体、人类的和非人类的、有生命的和无生命的一切事物,穿透我的内心。每一件事、每一个人,我都必须非常认真地仔细观察,并将其个性化、人格化。

这就是温柔的作用——温柔是人格化、共情以及不断发现相似之处的艺术。

创作一个故事是一场无止境的滋养,它赋予世界微小碎片以存在感。这些碎片是人类的经验,是我们经历过的生活,我们的记忆。温柔使有关的一切个性化,使这一切发出声音、获得存在的空间和时间并表达出来。是温柔,让那个茶壶开口说话。

温柔是爱的最谦逊的形式。是没有出现在经文或福音书中的爱。没有人对这份爱发誓,也没有人提及这份爱。这份爱没有徽标或者符号,不会导致犯罪或嫉妒。

当我们小心地凝视非"我"的另一个存在时,它就会在那里出现。

温柔是自发的、无私的,远远超出共情的同理心。它是有意识的,尽管也许是有点忧郁的对命运的分享。温柔是对另一个存在的深切关注,关注它的脆弱、独特和对痛苦及时间的无所抵抗。

温柔能捕捉到我们之间的纽带、相似性和同一性。这是一种观察世界的方式,在这种方式下,世界是鲜活的,人与人之间相互关联、合作且彼此依存。

文学正是建立在对自我之外每个他者的温柔与共情之上。这是小说的基本心理机制。这种神奇的工具、最复杂的人际交流方式,使得我们的经验穿越时空,走向那些尚未出生的人。有一天他们会去阅读我们所写的内容,我们对自己和世界的讲述。

我不知道他们的生活会是怎样，他们会成为什么样的人。想到他们的时候，我常会感到羞愧和内疚。

今天，我们努力在气候和政治危机中找寻自己的位置，并试图通过拯救世界来与之抗衡。这危机并非毫无缘由。我们常常忘记，这不是什么运势抑或命运的安排，而是非常具体的经济、社会和世界观（包括宗教）的决定带来的结果。贪婪、不尊重自然、利己主义、缺乏想象力、无休止的竞争、责任感缺失，使世界处于可以被切割、利用和破坏的境地。

所以我相信，我必须讲述这样一个世界，这个世界在我们的眼中是一个鲜活的、完整的实体，而我们在它的眼中——是一个微小而强大的组成部分。

（李怡楠译）

ANNA IN W GROBOWCACH ŚWIATA
Copyright © Olga Tokarczuk 2006
This edition arranged with Olga Tokarczuk c/o Rogers, Coleridge and White Ltd.
Through BIG APPLE AGENCY, INC., LABUAN, MALAYSIA.
"The Tender Narrator"
Copyright © Nobel Foundation 2019
Simplified Chinese edition copyright:
2021 ZHEJIANG LITERATURE AND ART PUBLISHING HOUSE
All rights reserved.
本书中文简体字版版权，浙江文艺出版社独家所有。
版权合同登记号：图字：11-2020-150号
托卡尔丘克受奖演讲合同登记号：图字：11-2020-159号

图书在版编目(CIP)数据

世界坟墓中的安娜·尹／(波)奥尔加·托卡尔丘克著；林歆译.—杭州：浙江文艺出版社，2021.8
ISBN 978-7-5339-6493-1

Ⅰ.①世… Ⅱ.①奥… ②林… Ⅲ.①长篇小说—波兰—现代 Ⅳ.①I513.45

中国版本图书馆CIP数据核字(2021)第095563号

统　　筹	曹元勇
策划编辑	李　灿
责任编辑	李　灿　王丽荣
营销编辑	张赞喆　耿德加
封面设计	compus·汐和
责任印制	吴春娟

世界坟墓中的安娜·尹

［波兰］奥尔加·托卡尔丘克　著
林歆　译

出版发行	浙江文艺出版社
地　　址	杭州市体育场路347号
邮　　编	310006
电　　话	0571-85176953(总编办)
	0571-85152727(市场部)
印　　刷	浙江新华数码印务有限公司
开　　本	880毫米×1230毫米　1/32
字　　数	120千字
印　　张	7.5
插　　页	1
版　　次	2021年8月第1版
印　　次	2021年8月第1次印刷
书　　号	ISBN 978-7-5339-6493-1
定　　价	49.00元

版权所有　侵权必究
(如有印、装质量问题，请寄承印单位调换)

一本书打开一个世界

欢迎订购、合作
订购电话：0571-85153371
服务热线：0571-85152727

KEY-可以文化　　浙江文艺出版社　　天猫旗舰店

关注 KEY-可以文化、浙江文艺出版社公众号，及浙江文艺出版社天猫旗舰店，随时获取最新图书资讯，享受最优购书福利以及意想不到的作家惊喜